Möwenalarm

Sina Beerwald, 1977 in Stuttgart geboren, hat sich bisher mit sieben erfolgreichen Romanen einen Namen gemacht. 2011 wurde sie Preisträgerin des NordMordAward, des ersten Krimipreises für Schleswig-Holstein. Vor sieben Jahren wanderte sie mit zwei Koffern und vielen kriminellen Ideen im Gepäck auf die Insel Sylt aus und lebt dort seither als freie Autorin. 2014 erhielt sie den Samiel Award für ihren Sylt-Krimi »Mordsmöwen«. www.sina-beerwald.de

SINA BEERWALD

Möwenalarm

SYLT KRIMI

emons:

Bibliografische Information der Deutschen Nationalbibliothek
Die Deutsche Nationalbibliothek verzeichnet diese Publikation
in der Deutschen Nationalbibliografie; detaillierte bibliografische
Daten sind im Internet über http://dnb.d-nb.de abrufbar.

© Emons Verlag GmbH
Alle Rechte vorbehalten
Umschlagmotiv: fotolia.com/paul prescott
Umschlaggestaltung: Tobias Doetsch
Gestaltung Innenteil: César Satz & Grafik GmbH, Köln
Lektorat: Marit Obsen
Druck und Bindung: CPI – Clausen & Bosse, Leck
Printed in Germany 2015
ISBN 978-3-95451-499-1
Sylt Krimi
Originalausgabe

Unser Newsletter informiert Sie
regelmäßig über Neues von emons:
Kostenlos bestellen unter
www.emons-verlag.de

Ein Projekt der AVA international GmbH Autoren-
und Verlagsagentur. www.ava-international.de

Für Lauris

Dramatis Laridae

Ahoi: Nach elfsiebenneunzehn Eroberungsversuchen hat sein Traumweibchen Suzette endlich seinem Antrag, mit ihm eine Dauerbrutpartnerschaft einzugehen, zugestimmt. Die Feierlichkeiten zum großen Hochzeitsfest stehen unmittelbar bevor. Allerdings lautet Ahois persönliche Steigerungsform von Katastrophe Balzwalzer. Eines ist sicher: Darüber werden die Gäste noch lange reden. Seine Hochzeitsnacht hat er sich jedoch definitiv anders vorgestellt.

Suzette: Liebt ihren Ahoi und das Verwöhnprogramm mit Algen- und Schlammpackungen im »Watt 'n' Spa« in Keitum. Volle Windeln auf dem Kopf dagegen mag sie gar nicht. Sie will brüten, allerdings nicht in einem Nest, das sie sich mit einem Baby teilen muss. Vor Menschen hat sie große Angst, seit ihre Geschwister durch Möweneierdiebe ums Leben kamen.

Baron Silver de Luft: Sieht keine zwei Meter mehr weit und hört schlecht – üble Nachrede, sagt er. Seit Ahoi zum Scheff gewählt wurde, ist er renitenter Rentner und Scheff Adee der Mordsmöwen-Bande, weswegen er immer noch den Helm seines Großvaters trägt, der Hauptfischwebel im Zweiten Möwenkrieg war. Böse Zungen behaupten, es handle sich um eine rostige Thunfischdose.

Harry: Steht auf wilde Hühner. Früher Türsteher vor einer Bäckerei, heute der Mann fürs Grobe mit weichem Herz und Spannweite ein Meter sechzig. Alleinerziehender Vater. Sein pubertierender Sohn wird bald flügge, und Harry kann so gar nicht loslassen.

Grey: Die Jungmöwe im Team. Badet gern in Fischsuppe, findet Kinderspielplätze toll und hat auch sonst noch ziemlich viele Flausen im Gefieder – dafür liefert er aber manchmal auch die rettende Idee.

Alki: Hat erfolgreich eine Alkoholentzugstherapie auf dem Autozug absolviert. Am Bahnhof lernte er seine Frau Spatz kennen, seither sind die beiden unzertrennlich. Wo die Liebe eben hinfällt. Er beabsichtigt, auf der Hochzeitsfeier abstinent zu bleiben und höchstens mal von den Früchten in der Bowle zu naschen.

Frau Spatz: Bevor sie ihren Alki kennenlernte, arbeitete sie als Dreckspatz auf dem Westerländer Bahnhof. Sie ist eine liebevolle Gefährtin, die aber schimpfen kann wie ein Rohrspatz, besonders wenn man sie kleine Federkugel nennt. Wenn es darauf ankommt, versammelt sie eine wahre Spatzenarmada hinter sich.

Jonathan: Kommt vom anderen Ufer – ich denke, Sie verstehen mich. Obwohl er nie zurück auf die Insel wollte, hängt er seinen schlecht bezahlten Job als Fotomodell auf einem Kreuzfahrtschiff an den Nagel und bittet seinen alten Freund Ahoi um einen folgenschweren Gefallen.

Balthasar: Die schlauste Möwe von allen. Hat drei Silvester an der Unität studiert und fliegt nur nach Navi. Ein Frühstück ist für ihn erst mit einer geklauten Tageszeitung perfekt. Plant eine Hochzeitsrede über die philosophische Frage, wer zuerst da war – die Möwe oder das Ei.

Adebar Klapper: Macht eine Bruchlandung neben Ahois Nest. Hat als Storch ziemliche Auslieferungsschwierigkeiten auf dem hart umkämpften Babymarkt und muss seine Prioritäten überdenken. Hinterlässt Ahoi am Ende ein großes

Geschenk. Ob der will oder nicht. Einem geschenkten Vogel schaut man schließlich nicht in den Schnabel.

Das Windelding: Auch Knubbelchen, Knochensack oder schlicht »das Problem« genannt. Als Ahoi mit seiner Suzette zur Hochzeitsnacht schreiten will, findet er ein Baby im gemeinsamen Nest vor. Kein Möwenküken. Kein Kuckuckskind. Ein hilfloses menschliches Baby. Und damit beginnt der ganze Ärger.

EINS

Gestatten, mein Name ist Ahoi. Wobei ich mir dessen gerade gar nicht so sicher bin, denn gestern war mein Jungmöwenabschied, den wir auf Kampens Whiskymeile ausgiebig begossen haben. Gemeinsam mit Harry, Grey und Balthasar habe ich mich in die Weingläser der Touris gestürzt, bis wir aus dem Lokal geflogen sind. Per Fußtritt. Fragen Sie bitte nicht genauer, aus welchem Lokal. Besser auch nicht, wo ich jetzt bin. Und schon gar nicht, wie ich heiße.

Ich weiß nur so viel: Meine große Vogelhochzeit steht unmittelbar bevor. Doch ich habe keine Ahnung, wie ich als Bräutigam mit diesen Kopfschmerzen die Hochzeitszeremonie durchstehen soll.

Ja was, denken Sie etwa immer noch, eine Möwe könnte keine Kopfschmerzen bekommen? Also noch mal: Warum sitzen wir Möwen manchmal scheinbar grundlos schreiend irgendwo rum? Na? Erinnern Sie sich? Und sagen Sie jetzt nicht, es läge daran, dass Möwen keinen Alkohol vertragen. Genau, Ostwind ist das richtige Stichwort. *Ostwind*. Davon bekommt jede Möwe Migräne.

Aber zurück zur Hochzeit: Obwohl der Abstand zwischen zwei Fettnäpfchen genau einen Ahoi beträgt, hat mein Traumweibchen Suzette nach elfsiebenneunzehn Eroberungsversuchen endlich meinem Antrag zugestimmt, mit mir eine Dauerbrutpartnerschaft einzugehen. Ich bin damit die glücklichste Inselmöwe weit und breit.

Nicht zuletzt meiner Suzette und der künftigen Küken wegen hatte ich mir nach unserem Abenteuer im letzten Sommer vorgenommen, nicht mehr von räuberischer Erpressung zu leben und eine ordentliche Möwe zu werden, die sich von Schalentieren, Fischen und Wattwürmern statt von erbeuteten Crêpes ernährt.

Aber wie das mit guten Vorsätzen eben so ist.

Ich habe mich wirklich bemüht, im seichten Wasser nach Fischen zu tauchen, und wäre dabei fast ertrunken. Was soll man auch machen, wenn die Eltern einem nix beigebracht haben, nicht mal, wie man den Panzer einer angespülten Strandkrabbe knackt? Richtig, man sitzt mit seinen Kumpels in Hörnum an der Südspitze von Sylt auf dem Dach der Sushi-Bude und lässt sich das Essen servieren. Von den Touristen.

Ich bin Scheff einer Möwenbande, die mein Vorgänger Baron Silver de Luft gern als Chaotenbande bezeichnet. Wir sind acht Möwen – das heißt, eigentlich sieben Möwen und Frau Spatz. Und auch unter veränderten Lebensumständen sind wir ein perfekt eingespieltes Team.

Es geht los.

Unsere Jungmöwe Grey hört bei der Bestellung zu und ruft die Menüfolge aus. Suzette und Frau Spatz übernehmen das Ablenkungsmanöver. Dann ist Greys Vater Harry dran. Mit seiner Flügelspannweite von einem Meter sechzig fliegt er einen engen Bogen um das nichts ahnende Opfer, schießt von hinten über dessen Schulter hinweg und schnappt sich mit beiden Füßen das Sushi.

Fassungslos starrt der Tourist unserem Harry hinterher. Dann sammelt er sich, geht auf seine Frau zu, die an einem Bistrotisch auf ihn wartet, serviert ihr mit einer formvollendeten Bewegung den leeren Teller und sagt: »Bitte schön.«

Harry fliegt derweil das Essen aus der Kampfzone und bittet uns auf einem Strandkorbdach zu Tisch.

Unser Scheff Adee Baron Silver de Luft, der sich vergangenen Sommer in den Ruhestand verabschiedet hat, sieht keine zwei Meter mehr weit und ist in den letzten Monaten zudem halb taub geworden, was er beides niemals zugeben würde. Er bekommt sein Essen wie ein Kükenkind schnabelgerecht vorgekaut und besteht darauf, weiterhin von uns gesiezt zu werden.

Nach einem Beutezug müssen wir uns jedes Mal sein Gemecker anhören, weil die Crêpes, auf die wir es früher abgesehen hatten, viel mehr seinem Geschmack entsprachen als dieses ordinäre Fischzeug. Doch nachdem unser Crêpes-Dealer im letzten Sommer auf mysteriöse Weise verschwand, wurde die Bude verkauft, und wir mussten unsere Ernährung auf den neuen Betreiber umstellen.

Verschwunden, ein gutes Stichwort.

»Wo bleibt Balthasar nur?«, frage ich meinen Kumpel Harry, der neben mir komische Halsübungen macht und wegen gestern ebenfalls ziemlich blass um den Schnabel ist. Harry war früher Türsteher vor einer Bäckerei. Rein durften die Leute, raus auch wieder – aber ohne Brötchen. Er und Balthasar werden heute unsere Trauzeugen sein.

Harry wird Suzette zum Altar geleiten, und Balthasar, der die schlauste Möwe von uns allen ist, weil er drei Silvester an der Unität studiert hat, wird die Rede halten. Klebstoff und Schnabelbinder habe ich besorgt.

Tatsächlich warte ich nicht auf Balthasar, weil ich so scharf auf die Rede wäre. Vielmehr hatte er die Aufgabe, bei Frau Elster in Kampen die Trauringe abzuholen. Und nun lässt er auf sich warten. Genauer ausgedrückt: Es ist nur noch eine Viertelstunde Zeit bis zum Beginn der Trauung.

Harry zuckt mit dem Gefieder. »Keine Ahnung, Balthasar hat doch gestern nur Wasser getrunken und fliegt zudem immer nach Navi, auf einer Insel, auf der es eine Straße von Nord nach Süd und eine von West nach Ost gibt.«

Wir sitzen am Fuße des Hörnumer Leuchtturms, und ich schaue übers Meer, der aufgehenden Sonne entgegen. Keine Spur von Balthasar.

Ein würgendes Geräusch von Harry lässt mich zur Seite springen. »Pass doch auf, du hättest mir beinahe auf die Fliege gekotzt.«

Harry wischt sich den Schnabel im Grünstreifen ab. »Dann hättest du dir eben eine neue gefangen. Gibt doch genug um die Jahreszeit. Wenn dein Selbstgebrannter gestern nicht so nach Wattwurm geschmeckt hätte, ginge es mir jetzt außerdem nicht so mies.«

»Ach, nun bin ich schuld, dass ihr nach dem teuren Zeug in Kampen unbedingt noch einen Absacker bei mir im Braderuper Watt trinken wolltet?«

»Ts, ts, ts«, macht Harry. »Hast du geglaubt, du könntest so eine Luxusbrutstätte bauen, ohne ein anständiges Nistfest mit deinen Freunden zu feiern?«

»Genau, ihr seid meine Freunde und deshalb mal im Ernst: Kannst du bitte schnell zum Nest fliegen und dort die Spuren unseres Gelages beseitigen?«

»Ach, das fällt dir *jetzt* ein?«

»Ich bin ja froh, dass mir so langsam überhaupt wieder was dämmert. Suzette darf auf keinen Fall das Chaos sehen, sonst ist meine Ehe zu Ende, noch bevor die Hochzeitsnacht stattgefunden hat.«

»Und nun soll ich in deiner Bude klar Schiff machen?«

»Du weißt doch, was Meinungsaustausch bedeutet, oder?«, entgegne ich.

Harry verzieht den Schnabel. Er begreift, worauf ich hinauswill, und lamentiert: »Ich gehe mit meiner Meinung zum Scheff und komme mit seiner Meinung wieder zurück.«

Ich bin kein Typ, der den großen Scheff raushängen lässt, aber irgendeinen Vorteil muss mein Posten ja haben, wenn er mich schon alle Federn kostet.

Wir werden unterbrochen, weil Balthasar endlich angeflogen kommt.

»Himmel! Wo hast du denn so lange gesteckt?«, frage ich, kaum dass er neben mir gelandet ist.

»Gemach, gemach, die Herrschaften. Es sind noch zehn Minuten bis zur Trauung. Ich habe eine Rede vorbereitet, die alles bisher auf dieser Welt Vorgetragene in den Schatten stellen wird. Aber keine Angst, das wird keine dieser langweiligen Hochzeitsreden. Ich werde nicht eure Lebensläufe bis ins Detail vor dem Publikum ausbreiten, das ist ja völlig uninteressant.

Viel spannender ist die Frage, wer zuerst da war: die Möwe oder das Ei. Und ich …«

»Balthasar«, stöhne ich und würde am liebsten jetzt schon den Schnabelbinder hervorholen, aber eine Antwort muss er mir noch geben: »Hast du die Fußringe dabei?«

»Die Fußringe. Oha, die habe ich vergessen. 'tschuldigung. Ich kann aber auch nicht an alles denken.«

»Nicht an alles – als Trauzeuge jedoch vielleicht an das Wichtigste?« Meine Schnabelfarbe wechselt von Gelb auf Orangerot. »Schwing deine Federn, und zwar im Schusstempo!«

Nachdem Balthasar und Harry weg sind, suche ich tief atmend meine innere Mitte. Jetzt nur nicht panisch werden. Ruhig bleiben, ganz ruhig. Es ist doch alles gar nicht so schlimm. Ich stehe nur ohne Ringe und Brautführer da, und in zehn Minuten beginnt die Trauung. Panik!

Der Standesbeamte wartet schon ungeduldig auf dem Leuchtturm, und ich muss ihm schonend beibringen, dass sich der Beginn der Trauung etwas verzögern wird. Nicht nur ihm muss ich das sagen. Zahlreiche Hochzeitsgäste kreisen bereits um den Ort der Trauung. Alles, was auf der Insel Federn hat, ist eingeladen.

Mit auf dem Rücken verschränkten Flügeln schreitet der Standesbeamte auf dem Geländer des Leuchtturms auf und ab. Gute Laune sieht anders aus.

»Guten Tag, Herr Auerhahn. Mein Name ist Scheff Ahoi, ich bin der Bräutigam. Was für ein schönes Wetter heute für eine Hochzeit, nicht wahr?«

»Da sind Sie ja endlich. Schon mal in den Spiegel geschaut? Ihre Fliege sitzt schief. Und wo bleibt die Braut? Sie sind nicht die einzige Vogelhochzeit heute, hier geht es zu wie im Taubenschlag!«

Ich will etwas erwidern, doch in diesem Moment sehe ich Suzette heranfliegen. Nein, sie fliegt nicht, sie schwebt geradezu am sommerblauen Himmel und malt mit ihren Schwungflügeln Herzen in die Luft. Sie ist so wunderschön, meine

Suzette in ihrem reinweißen Federkleid und dem kunstvollen Algenschleier, dass ich ein Tränchen verdrücken muss, als sie an meiner Seite landet. Sanft lege ich meinen Flügel über sie. Mit einer unauffälligen Schnabelbewegung rückt sie meine Fliege zurecht und schmiegt sich lächelnd an mich. Selbst wenn Suzette wahrscheinlich traurig darüber ist, keinen Brautführer gehabt zu haben, lässt sie mich ihre Enttäuschung nicht spüren. Auf dem Leuchtturm zu heiraten, ist schon etwas Besonderes. Monatelang haben wir auf einen Termin gewartet. Ich will nicht behaupten, dass ich nun, da es so weit ist, Angst hätte. Es darf nur nichts schiefgehen bei dieser Hochzeit.

Ein frommer Wunsch.

Herr Auerhahn breitet erhaben seine Flügel aus.

Von Harry und Balthasar immer noch keine Spur, doch das kümmert den Standesbeamten nicht. Er nickt in alle Himmelsrichtungen den uns und den Leuchtturm umfliegenden Hochzeitsgästen zu und beginnt: »Wir haben uns heute hier versammelt, um den Bund der Dauerbrutpartnerschaft zwischen Suzette und Ahoi zu besiegeln. Wer etwas gegen die Verbindung dieses Brutpaares einzuwenden hat, möge aufflattern oder für immer schweigen.«

Unser Scheff Adee stößt sich vom Geländer ab und schwingt sich in die Luft. Mir bleibt fast das Herz stehen. Was soll das denn?

Alle Augen sind auf ihn gerichtet, auch die Haubentaucher, die die Zeremonie begleiten, vergessen für einen Moment, mit den Flügeln zu schlagen, und fallen wie nasse Säcke ein paar Meter tiefer.

Baron Silver de Luft schiebt seinen Helm zurück, der ihm bis über die Augen gerutscht ist – ein Erbstück seines Großvaters, der Hauptfischwebel im Zweiten Möwenkrieg war. Für sein Sehvermögen macht der Sitz des Helms, der verblüffende Ähnlichkeit mit einer rostigen Thunfischdose hat, allerdings keinen Unterschied.

Man möchte meinen, unser Scheff hat nicht mehr alle

Federn am Flügel. Ein bisschen seltsam war Baron Silver de Luft ja schon während seiner Amtszeit, aber was, zum Geier, ist bitte jetzt in ihn gefahren?

Herr Auerhahn hebt eine Augenbraue und wendet sich dem Aufrührer zu. »Sie haben sich erhoben. Bitte treten Sie vor.«

»Ich soll vorbeten? Das ist ja wohl Ihre Aufgabe, das Gebet zum heiligen Albatros zu sprechen.«

Puh. Mein Herz rutscht an seinen Platz zurück. Unser Scheff Adee ist eben nicht nur nahezu blind, sondern hat wegen seiner Schwerhörigkeit mal wieder nur die Hälfte mitbekommen.

»Es sollte aufflattern, wer etwas gegen die Trauung einzuwenden hat – nicht wir alle zum Gebet«, stelle ich klar. »Herr Auerhahn ist kein Pfarrer. Suzette und ich haben uns entschieden, nur standesamtlich zu heiraten. Eine gelungene Dauerbrutpartnerschaft hängt nicht vom Segen des heiligen Albatros ab.«

»Papperlapapp, immer diese neumodischen Ansichten. Keine Hochzeit ohne Gebet.«

Manchmal weiß ich nicht, ob unser Scheff wirklich nichts mehr hören kann oder ob er sich bloß taub stellt. Demonstrativ faltet er seine Flügelspitzen, vergisst dabei allerdings, dass er keinen Boden unter den Füßen hat. Wie ein Stein saust er abwärts, und wir können jetzt tatsächlich nur noch beten, dass er sein Landefahrwerk rechtzeitig ausklappt.

Den Flüchen aus der Baumkrone nach zu urteilen, hat er sich anscheinend nicht mal den Schnabel geprellt.

»Ich denke, wir können fortfahren«, stellt Herr Auerhahn fest. »Haben Sie die Fußfesseln … ich meine, haben Sie die Ringe bei sich?«

»Ähm, ja«, sage ich und krame in meinem Gefieder, um Zeit zu schinden. Natürlich weiß ich, dass sie nicht da sind. Genauso wenig wie Balthasar. Ich muss Suzette nicht anschauen, um zu wissen, dass meine Sekunden gezählt sind. Gleich wird sie in die Luft gehen. Wie peinlich vor den Heerscharen der uns umkreisenden Gäste, deren Blicke tonnenschwer auf meinen Flügeln lasten. Da drehen sich alle Köpfe wie auf Kommando nach Norden. »Ich hab sie«, kreischt Balthasar schon von Weitem. »Ich hab die Ringe!«

Ja hervorragend, vielleicht noch ein bisschen lauter, damit es über die gesamte Insel schallt?

★★★

Es geschehen noch Zeichen und Wunder.

Suzette und ich sind wenige Minuten nach Balthasars Ankunft tatsächlich verheiratet. Ohne weitere Zwischenfälle.

Einmal noch zur Erinnerung vor der Webcam des Leuchtturms posieren, dann schnäbeln wir uns unter dem ohrenbetäubenden Gekreische der Gäste in den siebten Himmel. Selbiger erwartet uns auch angesichts des Büfetts, das zum großen Fest in Kampen aufgetischt wird.

Ich habe keine Kosten und Mühen gescheut und das Gelände der Kupferkanne angemietet. Von jener Möwe, die über zahlreiche Edelrestaurants und Bars auf Kampens Whiskymeile herrscht und außerdem noch drei oder vier Nistvillen mit Wattblick im Hobokenweg besitzt. Diese Möwe ist niemand Geringerer als der Aufschneider Mogulis, der im vergangenen Sommer mein größter Rivale war. An ihn hätte ich meine Suzette beinahe verloren, und nun konnte ich es mir nicht verkneifen, ihn ebenfalls zu den Feierlichkeiten einzuladen. Ein bisschen Spaß muss sein.

Ich konnte ja nicht ahnen, dass er tatsächlich kommt. Lustig wird das Fest aber allemal. Bleibt nur zu hoffen, dass die Gäste die Feierlichkeiten überleben. Mehr oder weniger. Ein bisschen Schwund ist ja immer.

ZWEI

Der sagenumwobene Ort auf der Ostseite von Kampen ist wie geschaffen für ein Hochzeitsfest. Man hat von hier oben einen wunderbaren Blick auf das Watt, in dem sich der Vollmond spiegelt. Es herrscht gerade Flut, und ein Angler fährt mit seinem kleinen Motorboot dicht am Schilfrand entlang. Suzette und ich stehen inmitten unserer Gäste neben der Kupferkanne und amüsieren uns prächtig. Das Lokal hat für Menschen nur tagsüber geöffnet – heute Abend gehört der von hohen Bäumen umsäumte Platz an der Kliffkante uns allein.

Einige der Bäume sind dem letzten Orkan zum Opfer gefallen, und da die Menschen sie verkehrt herum wieder eingepflanzt haben, recken sie nun ihre mächtigen Wurzelarme ins Mondlicht. Auf einem davon sitzt Balthasar, und er schaut ziemlich verärgert drein, wenn ich das von hier unten aus richtig deuten kann. Es könnte auch sein, dass er gleich vor Wut platzt. Was vermutlich daran liegt, dass er an den Wurzelarm gefesselt und sein Schnabel mit Kabelbinder verschlossen ist.

In seinem früheren Leben muss Balthasar eine Gans gewesen sein, davon bin ich nach seiner fast fünfstündigen Rede fest überzeugt. Harry hat mir in seiner Eigenschaft als Fieze-Scheff geholfen, ihn zu überwältigen, als die Mehrheit der Gäste vor Langeweile bereits Nahtoderfahrungen hatte, und geschworen, ihn nicht vor morgen früh zu befreien, damit wir endlich in Ruhe feiern können.

Um Balthasar herum haben sich zahlreiche Gäste in den Bäumen niedergelassen, schlürfen umschwärmt von Glüh-würmchen ihre Austernschälchen und unterhalten sich so angeregt, dass das eigens für die musikalische Untermalung engagierte Basstölpelquintett fast untergeht. Zum Abendessen singen sie nur leise Töne, so wie ich mir das gewünscht habe, aber nachher steigt die Party um das Lagerfeuer.

Ich wünschte allerdings, ich hätte meinen Hochzeitstanz bereits hinter mich gebracht. An meinen ersten Balztango mit Suzette auf dem rauschenden Fest von Mogulis genau an diesem Ort habe ich ziemlich ungute Erinnerungen, formulieren wir es mal so.

Mir bleibt nicht länger Zeit, darüber nachzudenken – die Pflicht ruft. Hochzeitstorte anpicken.

Eine wahre Burgfestung aus Schokoladentorte mit Kirschen und Sahne wartet auf uns. Heute Morgen frisch vor dem Café Wien einem Menschen am Henkel des Transportkartons aus der Hand gerissen. Nur sieht die Torte jetzt anders aus als vor Balthasars Rede. Immer noch prächtig, aber irgendwie verändert. Skeptisch treten wir näher.

Suzette bleibt der Schnabel offen stehen. »Ahoi«, flüstert sie, »kann es sein, dass da Löcher in der Torte sind?«

»Ich glaube, es fehlen ein paar Kirschen. Um genau zu sein, sehe ich keine einzige Kirsche mehr.«

»Und die Möwenfedern, die da oben rausschauen, gehören auch nicht zur Dekoration, oder?«

»Ähm, nein, die waren nicht vorgesehen.« Peinlich berührt und ratlos, wie dieser Fehler passieren konnte, packe ich das Bündel Federn und ziehe daran.

»Aua! Wasch scholl dasch?«, tönt es aus der Torte.

Ein Raunen geht durch die Gästeschar.

Mit einem Ruck befördere ich die Möwe heraus.

Alki!

Ich könnte schreien. So wie der aussieht, müssen wir *ihn* aufs Büfett stellen, damit sich die Gäste etwas von der Torte nehmen können.

Frau Spatz ist sofort zur Stelle und pfeift ihrem Mann ordentlich die Meinung. Irgendwie kann ich ja sogar ein bisschen verstehen, dass Alki mal eine Auszeit von dem Gepiepse brauchte und er in der Torte Zuflucht gesucht hat. Hoffentlich hat er keinen Rückfall erlitten, denn in den Kirschen war Alkohol.

Alki hat sich früher gern schon zum Mittagessen Schnabel voran ins Weinglas eines Touris gestürzt, weil er ein paar persönliche Probleme hatte. Mit den Frauen war er eigentlich durch, seit ihn mal eine zu einem Gesprächskreis für Möwen mit Alkoholproblemen geschleppt hat. Doch dann hat er einen Entzug gemacht, und während seiner Therapie auf dem Autozug haben Frau Spatz und er sich am Westerländer Bahnhof kennengelernt. Sie war dort als Dreckspatz beschäftigt, und er hat dieses arme kleine Vögelchen sofort in sein Herz geschlossen. Seitdem sind die beiden ein Paar. Ein seltsames Paar. Aber wo die Liebe eben hinfällt.

Frau Spatz schimpft immer noch wie ein Rohrspatz und will gar nicht wieder aufhören. Natürlich hat sie recht, doch die Höhenfrequenz ihrer Predigt grenzt an Möwenquälerei und wäre allenfalls für unseren Scheff Adee erträglich.

Letzterer sitzt ganz in der Nähe der großen Schale mit der Garnelenbowle, in der gut drei Möwen Platz finden würden. Er hat sich wohl schon ordentlich was von diesem hochprozentigen Getränk in den Schnabel gegossen, jedenfalls weist er eine bedenkliche Schräglage auf, was sich auch im Sitz seiner Thunfischdose widerspiegelt. Ich gehe mit Suzette besser mal rüber und erkundige mich nach seinem Befinden.

»Alles in Ordnung, Scheff Adee? Sie wissen doch genau, dass Sie keinen Alkohol vertragen – oder muss ich Sie an die Reise mit dem Kuhtaxi von Keitum nach Hörnum letzten Sommer erinnern?«

»Bloß nich … ich hab aber ja auch nur die Dardanel… die Garanel… die Garnelen rausgepickt. Seeeehr lecker, die Dinger.«

Ich seufze. »Vielleicht sollten Sie sich lieber an die Hochzeitsfischsuppe halten.« Ich deute in Richtung Lagerfeuer, über dem der von Möwen umlagerte Kessel mit dieser Delikatesse hängt. Mich persönlich kann man damit jagen, mich würgt es ja schon, wenn ich nur das Wort Fischsuppe höre. Ich wusste allerdings nicht, dass die Suppe auch nicht den Geschmack unseres Scheffs Adee trifft.

Der macht eine reiherartige Schnabelbewegung. »Bäh, ich esse doch nix, wo … eine Jumö … eine Jungmöwe drin badet.«

»Wie bitte?« Ich runzle die Stirnfedern.

»Unnnsere Jungmöwe Grey wümmt in dem Kessel.«

Jetzt hat der Arme auch noch Halluzinationen. Krebse, Krabben, Makrelen, Muscheln, einfach alles, was sich vor der Küste Sylts an Meerestieren fangen lässt, schwimmt in dieser unübertrefflichen Hochzeitssuppe. Aber ganz bestimmt nicht unsere Jungmöwe Grey.

»Alles klar, Scheff Adee«, sage ich und tätschle ihm begütigend die Schulter. »Dann greifen Sie doch einfach am Büfett zu. Dafür sind allerlei Delikatessen zusammengeklaut worden. Nudeln an Lachssoße, Fischbrötchen nach Möwenart ohne Brötchen und Zwiebeln, Pommes und zum Nachtisch Eiswaffeln und Crêpes. Wir gehen jetzt noch ein paar Gäste begrüßen, und dann können wir uns ja am Büfett treffen.«

Falls Sie dann noch auf den Beinen stehen können, füge ich gedanklich hinzu und wende mich mit Suzette zum Gehen.

»Unn seinem Vater ist das alles egal … alles egal«, ruft uns Baron Silver de Luft hinterher.

Tatsächlich steht Greys Vater Harry bei dem Kessel mit der Fischsuppe, allerdings hat er nur Augen für zwei aufgescheuchte Hühner, die mit ihren ausladenden Hinterteilen ums Lagerfeuer rennen.

Wobei … der Andrang bei der Fischsuppe kommt mir angesichts der übrigen Köstlichkeiten doch etwas merkwürdig vor. Suzette denkt dasselbe, also flattern wir auf und schauen in den Kessel hinein.

Nicht zu fassen. Es ist wahr. Grey liegt in der Suppe auf dem Rücken, paddelt mit den Füßen, macht mit den Flügeln Kraulbewegungen und zieht so seine Kreise durch den Bottich.

»Sag mal, Grey, bist du noch ganz sauber? Raus aus unserer Hochzeitsuppe!«

»Warum? Balthasar hat in seiner Rede gesagt, die sei so lecker, dass man darin baden könne. Und alles, was Balthasar sagt, stimmt. Also darf ich das. Ist nur ein bisschen zu heiß, die Badetemperatur.«

Ich schlage mir den Flügel vor die Stirn und halte nach Greys Vater Ausschau. Der tanzt gerade einen Balztango mit einem der wilden Hühner, und wenn ich seine Absichten richtig beurteile, ist er im Begriff, einen folgenschweren Fehltritt zu begehen.

»Harry, kümmere dich gefälligst um deinen Sohn!«, ruft Suzette.

»Auch als alleinerziehender Vater habe ich mal das Recht auf Vergnügen. Grey ist alt genug und kann schwimmen.«

»Aber nicht in unserer Fischsuppe!«, kreischt Suzette.

»Dann soll der kleine Fischreiher zusehen, wie er da wieder rauskommt. Er ist schließlich auch allein reingekommen.«

Harry greift wieder nach den kurzen Flügelchen des Huhns und wirbelt die gackernde Dame um das Feuer herum. Wenn er so weitermacht, können wir am Büfett auch noch Grillhähnchen anbieten.

»Grey, raus da jetzt, sofort!«, schreie ich auf höchster Frequenz, sodass selbst die Basstölpel aus dem Takt kommen.

Das wiederum bringt Harry aus dem Tritt. Er stolpert über ein Hühnerbeinchen, rudert mit den Flügeln, verliert das Gleichgewicht und setzt sich auf seinen Federboden. Genauer gesagt: mit seinem Federboden ins Lagerfeuer.

Autsch.

Mit einem Blick auf das Büfett überlege ich, wie wohl gegrillte Möwe schmeckt.

Ein Schmerzensschrei von Harry schallt über das Gelände. Wild gestikulierend rennt er mit brennendem Hinterteil durch die Menge, scheucht Spatzen, Säbelschnäbler und Austernfischer auf – und rettet sich mit einem beherzten Sprung in die Garnelenbowle.

Die Löschaktion war erfolgreich. Die Schüssel jedoch hat nicht überlebt.

Na ja, Scherben sollen schließlich Glück bringen. Schätze,

wir werden morgen am Strand ein paar Federn für ein Toupet für meinen Fieze-Scheff sammeln. Schlimmer kann es jedenfalls nicht kommen, denke ich.

Das gilt allerdings nur, wenn man nicht Ahoi heißt. Denn da vorne steht mein Erzfeind Mogulis. Um ihn herum seine Bodyguards, mit denen man sich besser nicht anlegt, wie ich vergangenen Sommer leidvoll erfahren musste. Die Lachmöwen tragen schwarze Kopfmasken über ihren reinweißen Federkleidern und ihren lustigen Namen ebenfalls nur zur Tarnung. Zum Spaßen sind die nicht aufgelegt. Suzette starrt entgeistert zu ihrem Ex-Liebhaber hinüber. Mogulis gilt als die reichste Möwe von Sylt und hat damit ziemlichen Eindruck auf Suzette gemacht, obwohl sie normalerweise nicht auf solche Typen steht. Zu meinem Glück hat sie noch rechtzeitig erkannt, dass bei ihm auch nicht alles Fisch ist, was Schuppen hat.

Jetzt tippt sich Suzette ziemlich unmöwendamenhaft an die Stirn. »Der ist ja wohl nicht mehr ganz frisch in der Muschel. Was erlaubt sich Mogulis, auf unserer Hochzeit aufzutauchen? Muss er hier die starke Möwe markieren und uns provozieren? Na warte, dem werde ich die Federn lesen.«

Ich halte sie am Flügel zurück. »Ähm, ich glaube, wir sollten ihn freundlich begrüßen. Ich habe ihn eingeladen.«

»Du hast *was*? Männer! Habt ihr wirklich nur eure Revierkämpfe im Kopf? Was willst du beweisen?«

Ich stottere herum, weil es natürlich eine dämliche Idee von mir war, ihn einzuladen, um mich vor ihm zu brüsten.

Suzette ringt um Fassung. »Okay, bringen wir die Begrüßung hinter uns, und dann sieh zu, wie du aus der Nummer wieder rauskommst und Mogulis schnellstmöglich dazu bringst, das Fest zu verlassen – und zwar ohne dass es Verletzte gibt.« Sie verzieht ihren Schnabel zu einem Lächeln und geht auf Mogulis zu.

»Welch ein bezaubernder Anblick«, raunt ihr mein Erzrivale beim Näherkommen zu, nimmt Suzettes Flügel und deutet einen formvollendeten Handschwingenkuss an. »Ein wunderschönes Federkleid, ganz hinreißend.«

Er stolziert einmal um Suzette herum, und mich juckt es bereits in den Flügeln, ihn zu verscheuchen. Da fällt sein Blick auf ihren beringten Fuß.

»Oh, was muss mein entzündetes Auge sehen – billigstes Metall mit einer Standard-Nummerngravierung? Eine elegante Möwe wie Sie, liebste Suzette, hat doch wahrlich nicht so etwas Ordinäres verdient, sondern sollte ein Schmuckstück tragen, das ihren Wert unterstreicht.« Er zieht einen glitzernden Ring unter seinem Flügel vor. Diamanten. »Wie gefällt Ihnen mein Hochzeitsgeschenk?«

Die Antwort lese ich an Suzettes funkelnden Augen ab und bin furchtbar enttäuscht.

Suzette nimmt den Ring entgegen, und mir bleibt der Schnabel offen stehen. Sind denn wirklich alle Weibchen so einfach zu ködern? Ich hatte gehofft, meine Suzette wäre anders – vor allem, da sie nach dem Techtelmechtel mit Mogulis genug von ihm hatte und sich wirklich in mich, eine einfache Möwe, verliebt hat.

Ich kann ihr solche Kostbarkeiten nicht schenken. So viele Heringe habe ich nicht auf dem Konto.

Suzette schaut unterdessen den Ring an und dreht ihn hin und her. »Ein wirklich schönes Schmuckstück. Nur ein bisschen zu groß, und für eine Möwe ziemlich unpassend. Ist Ihre künftige Gattin wohl eine dumme Gans? Dann wünsche ich viel Glück in der Ehe und reichlich Nachwuchs. Die Dame wartet sicher schon auf Sie, ihr wird der Ring bestimmt passen.«

»Oh, ich verstehe … die Braut hat heute einen besonders spitzen Schnabel. Aber ein Tänzchen in Ehren kann sie nicht verwehren.«

Ich trete vor und stemme die Flügel in die Hüften. »Oh doch, das kann sie.«

»Ahoi, Ahoi!«, gibt sich Mogulis erstaunt. »Ich habe dich vollkommen übersehen.«

Mir stellen sich die Nackenfedern auf. Ahoi, Ahoi. So hat mich mein Bruder immer gerufen, als wir noch Kinder waren, und mich damit aufgezogen. Und von wegen übersehen ... »Einen schönen guten Abend, Herr Mogulis«, säusele ich, ganz der höfliche Gastgeber. »Sehr freundlich, dass Sie kurz bei unserem Fest vorbeischauen. Nehmen Sie sich gern noch etwas Hummer, bevor Sie gehen. Den Hochzeitsball werde selbstverständlich *ich* mit meiner Braut eröffnen. Kapelle! Einen Balztango, bitte.«

Ich nehme Suzette unterm Flügel und führe sie auf die Balzfläche.

Was tust du da? Diese panische Frage steht ihr ins Gesicht geschrieben. Und ganz ehrlich: Ich habe keine Ahnung. Ich weiß nur, dass ich nicht tanzen kann, und meine Braut weiß das auch.

Ich ergreife Suzettes linken Flügel und lege ihren rechten auf meine Schulter.

»Andersherum«, raunt sie mir zu.

Ach stimmt, da war doch was von wegen korrekte Balzrichtung. Ich drehe uns einmal um die halbe Achse. »Ich meinte deine Haltung«, präzisiert Suzette. »Umgekehrt. Linker Flügel hoch, rechter Flügel auf meinen Rücken ... und nicht so nah an mein Hinterteil.«

Leichter gesagt, als getan. Meinetwegen müssten wir uns nicht länger mit diesen Feierlichkeiten aufhalten und könnten gleich ins Nest hüpfen. Aber da ist noch Mogulis. Und gefühlte tausend Augenpaare, die auf uns gerichtet sind. Alle Gäste haben sich im Kreis um uns versammelt, und die Basstölpel stimmen den Balztango an.

Es kann also losgehen. Nur – mit welchem Fuß fange ich an? Dunkel erinnere ich mich daran, dass es auch noch so etwas wie einen Rhythmus gibt – wo ich den allerdings finden soll, ist mir schleierhaft.

»Aua!«, zischt Suzette.

Okay, das war der falsche Fuß.

Da werden Rufe aus dem Publikum laut: »Walzer, Walzer, wir wollen einen Balzwalzer sehen!«

Ach du heiliger Albatros, auch das noch. Es genügt doch, wenn ich mich bei einem Balztango blamiere. Ein Balzwalzer, das ist meine persönliche Steigerungsform von Katastrophe. Mir schlägt das Herz bis zum Hals, und ich habe das Gefühl, nicht mehr mit meinen eigenen Füßen verbunden zu sein.

Verunsichert hören die Basstölpel auf zu spielen. Eine gespenstische Ruhe legt sich über den Platz. Mitten hinein tönt die Stimme von Mogulis: »Ich glaube, der Bräutigam ist etwas fußlahm. Ich übernehme!«

Das genügt. Alles, nur das nicht. Dem werde ich zeigen, was für ein begnadeter Balztänzer in mir steckt. Also Augen zu und durch.

Vielleicht hätte ich Letzteres nicht allzu wörtlich nehmen sollen.

Wir drehen uns, Suzette und ich, tatsächlich. Irgendwie. Schneller, immer schneller. Es beginnt sogar, Spaß zu machen. Bis wir gegen die ersten Gäste prallen. Ich mache die Augen auf – und die Welt um mich herum dreht sich weiter.

Orientierungslos klammere ich mich an Suzette fest, sie kann mir aber auch keinen Halt geben, torkelt rückwärts – und plötzlich haben wir keinen Boden mehr unter den Füßen. Ich meine, es ist wirklich kein Untergrund mehr da.

Das Kliff.

Wir kugeln den Abhang hinunter und rollen langsam im Watt aus. Zum Glück ist der Angler in seinem roten Boot der Einzige, der uns dabei gesehen hat. Der guckt allerdings nicht schlecht.

Über und über schmutzig rappeln wir uns auf. Suzettes schönes Federkleid! Sie schaut an sich hinunter, fängt an zu lachen und hört gar nicht mehr auf.

»So kann ich auf gar keinen Fall zurück auf das Fest«, japst sie. »Manchmal liebe ich dich dafür, dass du so ein Tollpatsch bist …«

»Aber das ist doch unser Hochzeitsfest«, starte ich einen halbherzigen Versuch, sie zur Rückkehr zu überreden, »wir können doch nicht einfach wegbleiben.«

»Doch, das können wir.«

»Du meinst … ich meine, möchtest du mein Nest sehen?«

Es bleibt festzuhalten, dass ich in meinem Leben schon bessere Ideen hatte.

★★★

»Hörst du das auch?«, fragt Suzette und dreht sich zu mir um. Ich habe sie nach einem kurzen Spaziergang am Watt entlang durch die Schilfhalme vorausgehen lassen, damit sie unser Liebesnest zuerst sieht.

Es liegt in ruhiger, uneinsehbarer Lage mit direkter Anbindung an das Braderuper Watt, wo es ein reichhaltiges Nahrungsangebot und Spielmöglichkeiten für unsere künftigen Küken gibt.

Den Brutplatz habe ich selbst ausgesucht, fernab irgendwelcher Brutkolonien, wo Suzette keine Ruhe finden würde. Und für das überdimensionale Nest habe ich nur das beste Baumaterial herangeschleppt, damit es meine Liebste möglichst bequem hat.

»Was hörst du denn?« Es hätte mir wohl ein Fasan direkt ins Ohr kreischen können, ich hätte es nicht wahrgenommen, weil ich nur Augen und Ohren für meine Suzette habe und, ähm, mein Aufmerksamkeitsfokus allein schon deshalb begrenzt ist, weil ich den Hintern meiner Allerwertesten direkt vor meinem Schnabel habe – und somit zugegebenermaßen von genau einem Gedanken beherrscht werde. Ich bin schließlich auch nur ein Möwerich.

Suzette schlängelt sich weiter durch die Schilfhalme, ich eile hinterher.

»Was ist denn das?«, fragt sie perplex und bleibt wie von einer Sturmböe gebremst stehen.

»Ähm, ein Nest? *Unser* Nest«, gebe ich verwirrt von mir. Gefällt es ihr etwa nicht?

»Ich meine das da *drin*.«

Ich trete an Suzette vorbei, und jetzt sehe ich es auch. Mir geht der Arsch auf Grundsand. »Ach du heilige Möwenscheiße. Das ... das ist ein Baby. Ein menschliches Baby.«

»Das sehe ich auch! Und wo kommt es her?«

»Das weiß ich nicht. Es ist jedenfalls nicht von mir.«

»Ach was, so viel kann ich mir auch denken.« Sie stemmt die Flügel in die Seite. »Und jetzt? Was stehst du wie angewurzelt da? Bring es ins Nest seiner Eltern zurück!«

»Und wie, bitte schön? Erstens weiß ich nicht, wohin, und zweitens ist dieser Knochensack so schwer, dass ich ihn nicht mal zusammen mit Harry und Balthasar wegfliegen könnte.«

»Die Menschen haben doch echt einen Vogel, die können das Baby doch nicht einfach in einem Nest ablegen. In *unserem* Nest!«

»Beruhige dich bitte, Suzette. Lass uns nachdenken. Wer sagt, dass das Baby ausgesetzt wurde? Vielleicht wurde es entführt, und von den Eltern wird Lösegeld erpresst? Hier findet es kein Mensch. Womöglich hat man es genau deshalb hergebracht. Ich glaube, wir sind mitten in einem Kriminalfall.«

»Du warst zu oft im Möwenkino.«

Ich überhöre die offensichtliche Kritik und lasse den Scheff raushängen. »Wir müssen herausfinden, wem das Baby gehört. Keine leichte Aufgabe, aber wir sind eine Truppe von sieben Möwen und einem Spatz. Wenn alle mithelfen, schaffen wir das.«

»Truppe?« Suzette zieht ihre Federn kraus. »Chaotenbande meinst du.« Sie reckt ihren schönen Hals. »So, das heißt also, ich soll unser Nest mit diesem Schreihals teilen, während ich brüte?«

»Es wird ja nicht für lange sein. Nun hab dich doch bitte nicht so, Suzette.«

»Ich will ein anderes Nest.«

»Ich würde dir liebend gern ein anderes Zuhause anbieten, aber du weißt selbst, wie rar die Nester auf Sylt sind. Brutstättennot, wohin man schaut. Und eben mal schnell ein Neues bauen kann ich nicht. Es ist doch nur, bis wir die Eltern dieses Knubbelchens gefunden haben.«

»Knubbelchen? Das klingt ja fast so, als würdest du dieses Ding mögen?«

»Ja. Nein. Ich meine, schau doch, wie niedlich es aussieht und mit den Beinchen strampelt. Jetzt schreit es auch gar nicht mehr, sondern spielt so goldig mit seiner Zunge im Mund. Hör mal, was für niedliche Geräusche es macht.«

»Goldig ... niedlich? Schon vergessen, dass meine Geschwister durch Möweneierdiebe ums Leben gekommen sind? Menschenhände haben meine Familie zerstört!«

Natürlich weiß ich das. Und natürlich würde ich jetzt nichts lieber tun, als mit ihr ins Nest zu hüpfen – wenn es denn frei wäre. Sieht Suzette denn nicht, in welcher Zwickmühle ich mich befinde? »Dafür kann doch dieses Baby nichts.«

»Nein, aber auch aus diesem Baby wird einmal ein großer, gefährlicher Mensch. Ich will es nicht in unserem Nest haben. Punkt. Lass dir etwas einfallen. Bis morgen Mittag ist es verschwunden, oder ich bin weg.« Mit diesen Worten fliegt Suzette davon.

Und ich sitze da. Allein mit einem Baby.

Meine Hochzeitsnacht hatte ich mir irgendwie anders vorgestellt.

DREI

»Lasst mich alle in Ruhe. Ich will schlafen, einfach nur schlafen.«
Ich fühle mich wie ein gerupftes Huhn und blinzle in das
Morgengrau. Dabei graut es mir vor dem Morgen. Ich habe
in der vergangenen Nacht kaum ein Auge zugetan und bin
gerade erst ins Koma gefallen, nachdem der kleine Schreihals
endlich Ruhe gegeben hat.

Harry, Grey, Alki, Frau Spatz und Scheff Adee stehen im
Halbkreis um mich herum und bekommen vor lauter Fragen
den Schnabel nicht mehr zu.

Warum wir gestern nicht mehr auf der Hochzeitsfeier waren, wohin Suzette verschwunden ist und was das für ein Ding
in meinem Nest ist. Sie schreien so laut durcheinander, dass
ich mir die Ohren zuhalten muss.

»Ruhe!«, flehe ich. »Das Baby ist eben erst eingeschlafen,
ihr weckt es sonst wieder ...«

Zu spät.

»Oh je, was hat das Ding denn?« Frau Spatz flattert aufgeregt
um das Köpfchen des Babys herum, dessen Gesichtsfarbe vom
Schreien so rot ist wie der Schnabel eines Austernfischers.

»Es will schlafen«, stöhne ich und recke zuerst den rechten
Flügel, dann das Bein und schließlich die linke Seite. »Ich
übrigens auch.«

»Vielleicht friert es?« Baron Silver de Luft legt seinen Kopf
schräg, dass die Thunfischdose ins Wanken gerät. »Das arme
Ding hat doch gar kein Federkleid.«

Ich bald auch nicht mehr, weil ich mir vor Verzweiflung
sämtliche Federn ausgerupft habe. »Es friert nicht! Es ist in eine
Decke gewickelt und hat jede Menge Sachen an. Wir haben
Sommer, und nachts ist es nicht kalt. Außerdem liegt es im
Nest, und ich habe ebenfalls die ganze Nacht zum Wärmen
danebengelegen. Es. Friert. Ganz. Bestimmt. Nicht.«

»Dann hat es wahrscheinlich Hunger«, piepst Frau Spatz.

»Soll ich Brötchen besorgen?«, fragt Harry und spannt bereits die Flügel auf.

»Was für ein Möwenschiet!«, rufe ich. »So ein Knubbelchen kann doch noch keine Brötchen essen.«

»Was dann?«, fragt Harry.

Tja, gute Frage.

»Ich weiß es nicht. Vorgekauten Wattwurm mag es nicht, das hab ich schon versucht.«

Und mich bei der Fütterung vor Ekel fast übergeben, füge ich in Gedanken hinzu. Ich kann gut verstehen, dass der kleine Schreihals das nicht essen mag.

»Es sind noch Reste vom Büfett da, vielleicht mag es davon was«, bemerkt Harry. »Es hat schließlich schon vier Zähne.«

»Vier Zähne? Dann ist das Ding gefährlich!«, ruft Frau Spatz alarmiert.

Gefährlich, wenn ich das nur höre.

»Du fängst schon an wie Suzette«, beschwere ich mich. »Was soll uns dieses Baby denn bitte tun?«

»Ich kann meine Frau und Suzette verstehen«, mischt sich Alki ein. »Jeder von uns hat schon mal schlechte Erfahrungen mit Menschen gemacht.«

Natürlich, jetzt ist Alki nicht nur trocken geworden, sondern auch noch zum Weibchenversteher mutiert.

»Deshalb sind aber nicht alle Menschen schlecht. Und schon gar nicht dieses hilflose kleine Wesen hier«, widerspreche ich.

»Wo ist Suzette eigentlich?«, fragt Frau Spatz.

Ich lasse die Flügel hängen. Mit meinem Nervenkostüm steht es nicht gerade zum Besten. »Suzette hat mir bis Mittag Zeit gegeben, diesen Knochensack dorthin zu bringen, wo er herkommt. Entweder sie oder das Baby, hat sie gesagt.« Ich werfe einen resignierten Blick über das Wattenmeer, wo am Horizont ein heller Lichtstreifen die Sonne ankündigt. »Viel Zeit bleibt mir nicht mehr.«

Jetzt könnte ich mich in die Schwanzfedern beißen, dass

ich so einen abgelegenen Ort für mein Nest gewählt habe. Hier hört uns keine Menschenseele, geschweige denn dass ein Vertreter dieser Spezies hier vorbeikommt. Und das Baby hört daher ebenfalls keiner. Außer uns natürlich.

»Meine Güte, warum hört es denn nicht auf zu schreien?«

»Ein menschliches Baby muss Brei essen, das weiß doch jede Möwe«, mischt sich Balthasar genervt ein.

Ich hatte gar nicht bemerkt, dass der auch da ist. Er hatte sich bislang im Hintergrund gehalten – wohl weil er immer noch sauer ist, dass wir ihm den Schnabel zugebunden haben. Allerdings scheint sein Glaube, dass unsere Chaotentruppe ohne ihn heillos verloren wäre, stärker zu sein als sein Bedürfnis, uns den Hintern zuzukehren. Ohne uns hätte er ja auch keine Möwen mehr, denen er die Welt erklären könnte und die dabei so tun, als würden sie ihm zuhören.

Zugegeben, mit seiner Fähigkeit, lesen zu können, hat er uns schon aus manch kritischer Situation herausgeholfen. Und wir mögen ihn auch eigentlich ganz gern – wenn er uns nur nicht so oft in den Wahnsinn treiben würde. Natürlich denkt er umgekehrt von uns dasselbe.

»Danke für den Tipp, Herr Balthasar Schlaumeier. Und wo sollen wir so einen Brei herbekommen?«

»Von da, wo wir unser Essen immer herbekommen. Indem wir es per Luftangriff von den Menschen erbeuten. Es gibt genug Mütter, die ihre Kinder unterwegs füttern. Wir achten verstärkt auf Kinderwagen, und im richtigen Augenblick greifen wir uns so ein Gläschen. Diese Arbeit ist doch unser täglich Fisch.«

»Apropos Fisch«, meldet sich Jungmöwe Grey zu Wort und hält sich die Schwungfedern über den Schnabel. »Was stinkt hier eigentlich schlimmer als fauliger Fisch?«

Harry streckt den Schnabel in die Luft. »Das ist das Baby.«

»Igitt!«, ruft Grey und weicht vier Schritte zurück. »Das ist ja voll eklig.«

Sein Vater stößt ein kreischendes Lachen aus. »Was glaubst

du denn, mein lieber Sohn, wie du früher gerochen hast, wenn du das Nest eingesaut hast? Lasst mich mal ran, ich hab schon ganz andere Hintern sauber gemacht.«

Grey kickt mit seiner Schwimmhaut einen Stein beiseite und wendet sich demonstrativ ab. »Vielen Dank auch. Ich stinke nicht.«

»Ich habe auch nicht behauptet, dass du stinkst.«

»Doch, Papa, das hast du.«

Harry holt tief Luft. »Ich habe gesagt, dass du als kleines Küken ordentlich das Nest vollgeschissen hast, und das ist ja wohl die Wahrheit.«

»Also behauptest du doch, dass ich stinke!«

»Das tue ich nicht. Sohnemann, du nervst.«

»Du nervst *mich*! Ihr alle nervt mich. Dieses stinkende Schreiding da nervt mich. Die ganze Welt ist doch zum Reihern«, zetert Grey.

Seufzend lässt Harry seinen pubertierenden Sohn stehen und wendet sich dem Baby zu. Mit dem Schnabel zieht er die Decke weg und hält überrascht inne. »Was hat das Baby für ein komisches Ding da am Hintern?«, fragt er.

»Das ist eine Windel«, lässt Balthasar verlauten. »Da sind so Laschen dran zum Aufmachen. Und ich muss deinem Sohn recht geben, dieser Schreihals stinkt schlimmer als ein Sack verdorbener Fische.«

»Ach, ihr seid doch alle überempfindlich.« Harry winkt mit dem Flügel ab, tritt näher an das Baby heran, zieht eine der Laschen auf und wird dabei ganz grün um den Schnabel.

Selbst auf Abstand ist der Geruch kaum auszuhalten, wir stecken synchron die Schnäbel ins Gefieder.

Als Harry die zweite Lasche aufmacht, würgt es ihn, aber er spielt weiterhin den Helden. Mit einem Ruck zieht er die volle Windel unter dem Baby hervor.

»Wirf dieses Ding weg!«, rufe ich.

»Wohin?«, nuschelt Harry, den man hinter der Windel kaum mehr sieht.

»Egal, irgendwo ins Watt. Hauptsache, weg, weit weg.« Mir dreht sich gleich der Magen um, dabei habe ich noch nicht mal gefrühstückt.

Mit einer Körperdrehung holt Harry Schwung, und die Windel fliegt. Nein, nicht ins Watt. Mitten ins Gesicht von Suzette, die gerade zum Landeanflug angesetzt hat.

Das Versöhnungsgespräch verschieben wir dann wohl.

»'tschuldigung«, ruft Harry und kann sich dabei das Lachen leider nicht verkneifen. Ein großer Fehler.

Suzette reißt den Schnabel auf, wirft den Kopf in den Nacken und kreischt in den höchsten Tönen.

So habe ich sie noch nie schreien gehört. Und jetzt? Ich könnte Harry mit dem Kopf voran ins Schlickwatt stecken.

Wenn ein Möwenweibchen sich erst mal in Rage geschrien hat, hört es so schnell nicht mehr auf, und man sollte besser in Deckung gehen. Mir armem Möwerich fällt dabei als ihr frisch Angetrauter allerdings die Wattwurm-Karte zu, sie zu besänftigen.

Ich nehme die kreischende Suzette beim Flügel und geleite sie weg von der Gruppe in Richtung Ufer, was gar nicht so einfach ist. Sie ist völlig außer sich. Hoffentlich schaut sie nicht auch noch in den Wasserspiegel. Keine gute Idee, sie in diese Richtung zu führen.

Kaum gedacht, schon ist es passiert.

»Oh nein, wie sehe ich denn aus, oh nein, oh nein, oh nein!«

»Komm, ich helfe dir dabei, deine Federn sauber zu machen.«

»Das geht nie wieder raus! Ich werde den Rest meines Lebens stinken!«

Frauen haben meistens recht – widerspreche niemals einem Möwenweibchen, ist eine der wenigen Regeln, die ich in meinem Leben beherzige. Aber soll ich ihr nun zustimmen, dass sie zukünftig wie ein stinkender Wiedehopf herumlaufen wird?

Meine Güte, warum müssen Frauen so kompliziert sein? Andererseits – eigentlich ist es völlig simpel. Ganz gleich, was ich jetzt sage, es wird falsch sein.

»Nie wieder werde ich hübsch sein, und dieses Baby da ist schuld«, jammert Suzette zwischen zwei Schreien.

Mit dem Blatt eines Baumes versuche ich, sie zu säubern, während sie ihren Kopf verzweifelt immer wieder ins Wasser taucht, und gebe mich optimistisch: »Doch, schau mal in den Wasserspiegel, du bist schon wieder fast sauber. Und das Knubbelchen kann überhaupt nichts dafür beziehungsweise wenn, dann musst du auf Harry sauer sein.«

»Ach ja? Und am Ende bin ich dann wohl noch selbst schuld, weil ich besser auf meine Flugbahn hätte achten sollen, oder was?«

Ich täte besser daran, jetzt meinen Schnabel zu halten. Allerdings wäre ich dann nicht ich. Sie wissen ja, die Sache mit den zwei Fettnäpfchen …

»Das stimmt schon. Hättest du beim Landeanflug nicht abgekürzt, sondern die vorgeschriebene Normhöhe eingehalten, wäre das alles nicht passiert.«

Oh, oh. Das war keine gute Idee. Ich kann mich gar nicht so schnell ducken, wie Suzette eine Portion Schlickwatt auf mich wirft. Ekliges, zähes Zeug. Das bekommt man noch viel schlechter aus den Federn als jeden Windeldreck.

»Feuerpause!«, rufe ich nach zwei weiteren Treffern.

»Das könnte dir so passen!« Die nächste Ladung landet mitten in meinem Gesicht. Dabei kommt mir eine Idee.

»Bitte, Suzette, ich muss dir was sagen. Ich möchte dir einen Vorschlag machen.«

»Was denn?« Ein Algenbündel wurfbereit im Schnabel, hält Suzette inne. Schnell, diese Chance muss ich nutzen.

»Was hältst du davon, wenn ich dich einlade? Zu einem Wellnesstag im ›Watt 'n' Spa‹ in Keitum mit Massage, Algen- und Schlammpackung, Pediküre und Federpflege – das komplette Verwöhnprogramm. Heute noch.«

Ich muss komplett verrückt sein, dieser Spaß wird mich ein kleines Vermögen kosten. Hinzu kommen die noch nicht beglichenen Rechnungen für die Hochzeitsfeier.

34

»Ehrlich?«, fragt Suzette. Ihre Augen leuchten, und sie lässt das Algenbündel fallen.

»Ehrlich. Du kannst sofort losfliegen.«

»Aber bin ich denn sauber genug?«

»Du bist die schönste Möwe auf der ganzen Welt, und nach dem Verwöhnprogramm wirst du so herrlich duften wie kein anderes Weibchen. Ich hole dich nachher ab.« Voller Hingabe bekommt Suzette einen Schnabelkuss von mir.

Meine Liebste muss lachen und schüttelt sich. »Du bist voller Schlickwatt.« Dennoch gibt sie mir ebenfalls einen Kuss. »Es tut mir leid, dass ich so zickig war. Ich liebe dich und kann mir mit keinem anderen Möwerich eine Dauerbrutpartnerschaft vorstellen. Aber ich stehe kurz vor der Eiablage, und unser Nest …«

»Ich weiß. Mach dir einen schönen Tag im ›Watt 'n' Spa‹. Ich werde unterdessen versuchen, die Eltern des Kleinen zu finden.«

»Danke. Und ich verspreche dir, mich bei der Gelegenheit in Keitum umzuhören, ob das Baby dort vermisst wird. Es schreit übrigens immer noch. Ich glaube, es braucht eine frische Windel.« Mit einem Augenzwinkern fliegt Suzette los.

Windel, ja, ein gutes Stichwort. Nur: Woher nehmen und stehlen?

Darüber unterhalte ich mich mit meinen Kumpels. Besser gesagt schreien wir uns über das Nest hinweg an, um das Baby zu übertönen.

Ich werde gleich wahnsinnig. »Ruhe jetzt mal, alle miteinander!«, schreie ich.

Verblüffenderweise verstummt selbst das Baby. Es schaut mit großen Augen in die Welt, und ich nutze den kurzen Moment der Ruhe, um meine Idee vorzubringen. »Wir sind die Mordsmöwen und konnten bereits einen Kriminalfall lösen, da werden wir es doch wohl schaffen, ein Baby zu seinen Eltern zurückzubringen und – bis wir sie gefunden haben – etwas Futter und Windeln für den kleinen Schreihals zu organisieren.

Das übernehme ich. Baron Silver de Luft, Sie bleiben bei unserem Knubbelchen, und die anderen ...«

»... verteilen sich über die gesamte Insel«, vollendet Harry meinen Satz.

»Ich fliege nach Westerland«, piepst Frau Spatz, »und höre mich in der Fußgängerzone um, ob irgendwo ein Baby vermisst wird. Ich kann in den Straßenrestaurants zwischen den Tischen umhergehen, ohne verscheucht zu werden.«

»Pass nur gut auf die Menschenbeine auf, mein Spätzchen«, rät Alki besorgt. »So viel Trubel ist mir zu viel, ich fliege lieber nach Morsum. Auf dem Dorf wird viel getratscht, vielleicht höre ich ja etwas über ein verschwundenes Baby.«

»Ich decke den Norden ab und fliege nach List«, beschließt Harry. »Und du, Sohnemann ...«

»Du hast mir gar nichts zu sagen«, unterbricht ihn Grey. »Du bist nicht der Scheff dieser Bande.«

»Dafür aber dein Vater, und ich sage dir ...«

»Ich hab zwar noch grau-braune Federn, aber ich bin keine Jungmöwe mehr. Ich kann selbst bestimmen, wohin ich fliege.«

»Mein lieber Sohn, du wirst erst in drei Monaten fünf Jahre alt, und bis dahin habe ich dich noch unter meinen Fittichen. Somit entscheide ich.«

»Ich bin alt genug! Ich fliege nach Wenningstedt, und damit basta. Da sind viele Mütter mit Kindern am Dorfteich und auf dem Spielplatz unterwegs. Und tschüss!« Er hebt ab.

»Bleibst du wohl hier?«, schreit ihm Harry hinterher.

»Versuch doch, mich aufzuhalten«, ruft Grey zurück. »Du kriegst mich sowieso nicht.«

Harry rupft vor Wut ein paar Gräser aus, und jetzt legt zu allem Unglück auch der kleine Schreihals wieder los.

Ich stupse Harry mit dem Schnabel gegen die Brust. »Lass ihn. Wir waren schließlich alle mal in der Pubertät. Der muss endlich weiße Federn auf den Schwingen kriegen, dann wird das schon wieder. Und seine Idee mit Wenningstedt ist doch gar nicht so schlecht.«

Balthasar schüttelt den Kopf und setzt eine wichtige Miene auf. »Harry, du musst deinem Sohn die Flausen im Gefieder austreiben. So wird nie etwas aus ihm.«

»Halt den Schnabel, Mister Oberschlau. Du hast in deinem Leben noch kein einziges Küken großgezogen.« Mit einem Seitenblick auf mein Nest erwidert Balthasar: »Aus gutem Grund. Küken kosten jede Menge Heringe, Schlaf und Federn. Nein, danke, das erspare ich mir lieber.«

»Dann spar dir auch deine Kommentare zu meinem Erziehungsstil.«

»Du bist als alleinerziehender Vater völlig überfordert, das ist ja wohl nicht zu übersehen.«

»Es reicht!«, schreit Harry und breitet seine Flügel auf seine beeindruckenden ein Meter sechzig Spannweite aus.

»Pfff«, macht Balthasar. »Lass du nur deine Federn spielen. Du hast vielleicht mehr Kraft, dafür habe ich mehr Hirn. Ohne mich wäre diese gesamte Truppe doch schon längst verloren. Ich fliege nach Kampen, und dann wollen wir doch mal sehen, wer als Erster etwas über die Eltern herausfindet.«

»Also, los geht's!«, rufe ich. Nicht allein, um einen Fortgang des Streits zu vermeiden und damit mir nicht das Trommelfell platzt. Das Knubbelchen braucht dringend was zu essen.

»Aber ihr könnt mich doch nicht mit diesem Windelding hier allein lassen«, ruft unser Scheff Adee.

»Es hat doch gar keine Windel mehr an«, schreit Balthasar zurück, und ausnahmsweise muss ich Mister Oberschlau einmal recht geben.

VIER

Meine Kumpels fliegen in alle Himmelsrichtungen davon. Die aufgehende Sonne steht, umgeben von Schleierwölkchen, auf Menschen-beim-Bäcker-Brötchentüten-abjagen-Zeit. Das nützt mir allerdings nichts, denn damit können wir das Baby nicht füttern, aber vielleicht ist unter den Bäckereikunden eine Frau mit so einem rollenden Babybett und hat brauchbare Beute für mich dabei.

Doch so weit muss ich gar nicht. Gelobt seien die idyllischen Spazierwege auf dieser Insel und die kleinen Schreihälse, die wenig schlafen und immer Hunger haben. Ich bin noch nicht lange am Watt entlanggeflogen, da sehe ich eine Frau mit einem kleinen Kind auf dem schmalen Sandstreifen sitzen. Die kleinen Händchen versuchen, nach der Dose zu greifen, die die Mutter gerade öffnet. Da fällt doch bestimmt was für unser Baby ab.

Ich lande mit etwas Sicherheitsabstand, bade meine Füße angelegentlich in einer Ebbepfütze und tue dabei so, als hätte ich nur Augen für das von Wattwürmern wimmelnde Watt. Mir wird ganz schlecht, wenn ich die Dinger nur sehe.

Die Frau zieht nun auch noch den Deckel von einem Becher ab und gibt ihrem Kind ein paar Löffel von einem rötlichen Brei.

Genau richtig für unser kleines Windelding. Nur wie komme ich jetzt an den Becher dran? Ich lege den Kopf schräg und nähere mich vorsichtig.

»Na, du Möwe, hast du Hunger? Dir schmecken wohl die Wattwürmer nicht.«

Sieht man mir das an meiner Gesichtsfarbe an? Ich nicke mehrmals. Wenn die Frau wüsste, was ich sonst noch für Probleme habe, aber immerhin sind wir schon mal im Gespräch.

»Komm her, ich hab was für dich, komm!«

Das läuft ja wie geschmiert. Mit jedem Schritt, den ich näher herangehe, klopft mir das Herz bis zum Hals, denn die eiserne Möwenregel lautet: Halte immer eine Flügellänge Abstand zu Menschen – doch das hier ist meine Chance, und die Frau sieht echt nett aus.

»Komm, trau dich. Du hast doch bestimmt Hunger.«

Nicht nur ich, denke ich. Ich habe nur noch Augen für diesen Becher, aus dem der Brei Löffel für Löffel im Mund des Kindes verschwindet.

»Hier, hol's dir!«, ruft die Frau.

Vor Aufregung schlage ich mit den Flügeln. Es ist so weit. Sie greift neben sich in die Dose und wirft mir ein Stück Apfel zu, das im hohen Bogen vor mir im Sand landet.

Apfel? Will die mich umbringen? Mein Magen verträgt nur Eis, Fischbrötchen und Crêpes. Und für das Baby brauche ich diesen rötlichen Brei.

»Du magst keinen Apfel? Schade, etwas anderes habe ich nicht.« Schulterzuckend kratzt sie mit dem Löffel durch den Becher, und das letzte Häufchen verschwindet in dem hungrigen Kindermund.

Mission eins – gescheitert.

Aber ich wäre nicht Ahoi, wenn ich so schnell aufgeben würde. Schließlich gibt es immer noch einen Plan B. Wie der aussieht? Keine Ahnung. Aber vielleicht funktioniert er.

Ich warte ab, ob es vielleicht Nachschub gibt, doch als das erkennbar nicht der Fall ist, verabschiede ich mich mit einem aufgebrachten Kreischen und fliege am Watt entlang nach Süden, auf Munkmarsch zu und über satte Farbenpracht hinweg.

Wasserblau, sandgelb und schilfgrün leuchtet es unter mir, ein paar Flügelschläge weiter sind Häuser in Dünenmulden versteckt, als hätten die Menschen ein Spiel gespielt und die Würfel liegen lassen.

Die wenigen Wege sind überschaubar; eine Hauptstraße durchläuft den Ort und führt zum Hafen, in dem Segelboote im niedrigen Wasser dümpeln. Dort, am Kai, sitzt eine Frau auf einer Bank, und vor ihr steht so ein fahrbares Kinderding. In dem Ablagekorb darunter liegt eine Packung mit einem grinsenden Baby drauf – genau das, was ich brauche.

Volltreffer.

Das meine ich wörtlich. Ich habe das Dach dieses Gefährtes genau getroffen. Die Frau springt schreiend auf und sucht hektisch nach einem Taschentuch.

So funktioniert ein vernünftiges Ablenkungsmanöver. Diese Fähigkeit habe ich während meiner kriminellen Karriere perfektioniert. Ich bin nicht umsonst der Scheff einer Möwenbande, die sich mit räuberischer Erpressung ihr tägliches Sushi verdient. Da werde ich wohl noch so einen kleinen Windelraub hinbekommen.

Ich gehe in den Landeanflug. Die Frau ist noch damit beschäftigt, das rote Stoffdach sauber zu wischen, und irgendwie hat sie ein bisschen schlechte Laune, dabei sieht der Fleck doch dekorativ aus. Schön mittig, kreisrund und ohne hässliche Spritzer – das bekommt nicht jede Möwe hin.

Ich habe jetzt wieder Boden unter den Füßen und schleiche mich an. Nur noch zwei Flügellängen bin ich von einem erfolgreichen Beutezug entfernt. Ich schiele nach oben zu der Frau. Die muss sich jetzt auch noch um ihr schreiendes Baby kümmern und beugt sich dazu tief in das Schiebeding.

Perfekte Bedingungen.

Ich schnappe mir die Verpackung und zerre sie aus dem Ablagekorb heraus.

Wumm. Direkt auf den Fuß der Frau, an dem sie so einen Schuh trägt, mit dem sie mich ohne Not aufspießen könnte.

»Hey, du Drecksmöwe! Hau ab!« Sie tritt nach mir, dass ich ein paar Möwenlängen weit ohne Flügelantrieb fliege, mich überschlage und dann auf meinem Hinterteil hocken bleibe.

Aua, das hat wehgetan.

Aber die Windelpackung habe ich noch im Schnabel, yeah! An einer Stelle ist sie etwas aufgerissen, doch das macht nichts.

Ich sortiere meine Federn, wackle mit meinem Hinterteil, um zu überprüfen, ob mein Heck noch flugfähig ist, und schwinge mich mit meiner Beute in die Luft. Aufgrund des Gewichts in meinem Schnabel sacke ich jedoch bei jedem Flügelschlag leicht ab. Ich muss dringend etwas unnötigen Ballast abwerfen. Hat die Frau nicht eben Drecksmöwe zu mir gesagt?

Ich stelle mein Heckruder auf Kreisflug und drehe über das Watt zurück zur Hafenpromenade, wo die Frau eiligen Schrittes in den Ort unterwegs ist.

»Hey!«, schreie ich und muss dabei aufpassen, die Windelpackung nicht aus dem Schnabel zu verlieren. »Hier ist Ahoi, die Drecksmöwe!«

Ihr Blick zu mir herauf ist einmalig – und selbst wenn sie kein Wort verstanden hat, mein Gruß ist bei ihr angekommen. Der Wind trägt mir ihre lautstarken Flüche noch weit hinterher.

Ich freue mich diebisch, nicht zuletzt über meine Beute, und steuere nordwärts auf das Braderuper Watt zu. Mal sehen, ob unser Scheff Adee sich vor Verzweiflung schon alle Federn ausgerupft hat.

Wenigstens können wir den Schreihals jetzt schon mal mit einer Windel versorgen, und so einen Brei treibe ich auch noch auf.

Ich bin Ahoi, der beste Späher weit und breit, und werde meiner Suzette beweisen, wie heldenhaft ich mich um das Baby kümmere, mit meinen Leuten in kürzester Zeit herausfinden, wer die Eltern sind, und ihnen das Knubbelchen zurückbringen.

Auf mich kann sie sich verlassen, ich behalte auch Krisensituationen im Griff, und gegen die Lösung dieses Problems ist die Aufzucht unserer künftigen Küken ein Klacks.

Die Babyschreie höre ich schon, noch bevor mein Nest in Sichtweite kommt. Nie wieder werde ich in einer so abgeschiedenen Lage bauen, das schwöre ich mir. Mein Stresspegel steigt. Ruhe bewahren, denke ich, als ich in den steilen Sinkflug gehe.

Da entdecke ich Harrys pubertierenden Sohn, wie er sich mit Kreisflügen über dem Meer die Zeit vertreibt. Wie soll da eine Möwe ruhig bleiben?

»Albatros noch mal, Grey, was treibst du dich hier rum? Warum bist du nicht auf deinem Posten in Wenningstedt? Hast du echt nur Flausen im Gefieder?«

»Und warum musst du den Schnabel so weit aufreißen, dass dir deine Beute ins Wasser fällt?«

Erschrocken schaue ich hinunter. Da treiben die Windeln auf dem Wattenmeer, vollgesogen mit Wasser.

»Das darf doch wohl nicht wahr sein! Verdammt, was machen wir denn jetzt? Warum fliegst du hier überhaupt deine Kreise?«

»Weil ich mich gefragt habe, wo du so lange bleibst, und nach dir Ausschau gehalten habe, Scheff. Das mit den Windeln ist nicht so schlimm, ich habe auch welche besorgt. Und eine Packung mit Breipulver. Der Spielplatz in Wenningstedt ist ein cooles Beuteparadies. Die Mütter sind super abgelenkt, und ich hatte ganz schnell alles zusammen, was wir brauchen.«

Ich schlucke meinen Ärger hinunter. »Du hast ... was?«

»Hätteste nicht gedacht, was? Yepp, ich habe alles erbeutet. Ich weiß sogar, wie man so einen Brei anrührt, hab genau zugeschaut. Nur brauch ich dazu deine Hilfe, weil unser Scheff Adee nix mehr sieht. Und drum habe ich gewartet, bis du endlich kommst.«

»Entschuldigung, Grey ... ich habe ...«

»Schon gut, Scheff Ahoi. Wir sollten, glaube ich, diesem Windelding schnell was zu essen machen.«

Wir landen gemeinsam neben meinem Nest, was unser Scheff Adee gar nicht mitbekommt. Er kauert auf dem Boden, hat seinen Schnabel tief ins Gefieder gesteckt und die Flügel über dem Kopf verschränkt.

»Lassen wir ihn«, sage ich, und Grey nickt.

»Hier ist die Packung mit dem Brei, dazu die Flasche mit Wasser und eine Schüssel.«

»Alles auf dem Spielplatz erbeutet?«

»Nein, die Flasche Wasser habe ich von einem Restauranttisch am Dorfteich, und die Schüssel stand als Hundenapf vor der Bäckerei.«

Ich kann mir ein Grinsen nicht verkneifen. »Grey, du bist genial.«

Unterdessen hat Grey etwas von dem Pulver in die Schüssel geschüttet. »Jetzt müssen wir nur noch die Flasche aufmachen. Allein kann ich's nicht. Mein Schnabel ist noch zu weich.«

Ich rüttle mit aller Kraft an dem Plastikteil, bis ich das Gefühl habe, dass mir der Schnabel abbricht. Aber diese Flasche will und will einfach nicht aufgehen. Dazwischen das Hungergeschrei, sodass ich keinen klaren Gedanken fassen kann und mir die Talgdrüsen auf der Stirn in Überproduktion gehen.

»Andersrum«, höre ich eine ruhige Stimme neben mir sagen.

Balthasar.

»Du musst in die andere Richtung drehen, dann wird das was.«

Ich verbeiße mich an dem Verschluss, damit mir keine falsche Bemerkung rausrutscht.

Balthasar seufzt. »Wenn ihr mich nicht hättet ...«

»Ja, wie gut, dass ich dich habe. Dich und die vielen Wattwürmer.«

Balthasar zieht die Federn auf der Stirn kraus. »Aber du magst doch gar keine Wattwürmer?«

Ich lasse ihn mit diesem Rätsel allein und sage stattdessen: »Hilf mir mal, das Wasser in die Schüssel zu kippen. Wie viel muss man davon nehmen, Grey?«

»Erst mal nur ganz wenig, dann umrühren und so lange nachschütten, bis es einen Brei ergibt.«

Balthasar legt den Kopf schräg. »Und womit wollt ihr umrühren? Habt ihr auch einen Löffel erbeutet?«

»Schiet, das habe ich vergessen«, sagt Grey enttäuscht. Der ganze Triumph über seinen erfolgreichen Beutezug ist dahin. Ich stemme die Flügel in die Hüften. »Aber wir haben alle einen Schnabel. Du kannst deinen halten, Balthasar, und ich mit meinem einen Brei umrühren.«

Ich stelle mich auf den Rand der Schüssel, stecke meinen Schnabel tief in das Gemisch und mache kreisförmige Bewegungen, während Grey und Balthasar das Wasser dazugießen. Meine Güte, ist das ein zähes Zeug. Und das soll ein Baby essen können?

Ich rühre und rühre – und dann stecke ich fest. Nichts geht mehr, ich kann weder vor noch zurück. So langsam bekomme ich auch keine Luft mehr.

»Hmpfmhhmwa!«

»Was sagt Ahoi?«, höre ich Balthasar fragen.

»Hmpfmmeehwaaa!«

»Nimm mal deinen Schnabel aus dem Brei, damit wir dich verstehen.«

»Hmpfmeeeehhwaaaa!«

»Der Brei ist gut?«, fragt Balthasar. »Ich finde, der sieht eher aus wie getrockneter Wattschlick, aber wenn du meinst. Du bist der Scheff und ich nur Mister Oberschlau.«

Ich schlage wie wild mit den Flügeln und stemme mich mit den Beinen gegen den Schüsselrand. Wenn ich meinen Schnabel nicht sofort rauskriege … ich kann nicht mehr atmen.

Als letzten Rettungsversuch mache ich eine ruckartige Kopfbewegung. Dabei geraten die Schüssel und ich aus dem Gleichgewicht. Wer zuerst angefangen hat, kann ich nicht sagen. Jedenfalls liege ich gleich darauf auf dem Rücken und der Hundenapf auf mir. Mein Schnabel steckt immer noch im Brei.

Jetzt greifen Balthasar und Grey ein und befreien mich mitsamt meinem Schnabel aus der misslichen Lage.

Ich atme ein paarmal tief durch. »Das war ganz schön knapp, Freunde.«

»Warum behauptest du dann, der Brei sei gut? Da muss mehr Wasser rein.«

»Habe ich doch gesagt: Mehr Wasser!«

»Das behauptest du *jetzt*«, beharrt Balthasar.

Mir schwillt mein nicht vorhandener Kamm. »Warum hast du denn nicht mehr Wasser reingekippt, wenn du es doch mal wieder besser wusstest?«

»Ähm, wenn ich mich mal einmischen dürfte«, meldet sich Grey zu Wort. »Sollten wir jetzt nicht einfach noch mehr Wasser einrühren? Das Baby schreit.«

»Ich stecke meinen Schnabel nicht mehr da rein.« Ich verschränke die Flügel vor der Brust und schaue Balthasar auffordernd an.

»Ich? Willst du mich beleidigen? Ich habe in meinem ganzen Leben noch keine körperliche Arbeit verrichtet. Ich bin ein Intelligentueller!«

Grey seufzt. »Von deiner geistigen Nahrung wird das Baby aber nicht satt und von eurem Streit auch nicht. Also los jetzt. Ich rühre.«

Nach kurzer Zeit haben wir es tatsächlich geschafft, dem Brei eine Beschaffenheit zu verleihen, die essbar erscheint.

»Leider fehlt uns jetzt wirklich ein Löffel«, bemerke ich kleinlaut. »Wie sollen wir dem Baby sonst den Brei geben?«

Balthasar steht die Genugtuung ins Gesicht geschrieben. »Aber wir haben doch alle einen Schnabel«, äfft er mich nach. »Du kannst deinen halten, Ahoi, und ich kann das Baby füttern.«

Er nimmt einen Schnabel voll Brei, um ihn in bester Vogelmanier an den Knochensack zu verfüttern. Gleich wird Ruhe einkehren, dem Albatros sei Dank.

»Boah, schmeckt das eklig.« Balthasar spuckt die Masse aus, noch ehe er das Baby erreicht hat.

Grey drängelt sich vor. »Okay, lasst mich das machen.«

»Sei vorsichtig, mit deinem spitzen Schnabel kannst du das kleine Ding verletzen. Du hast doch noch nicht mal ein Küken gefüttert«, empört sich Balthasar.

»Aber du«, entgegnet Grey und hat auch schon seinen Schnabel im Brei. »Hmmm, schmeckt doch lecker! Da lasse ich jeden Crêpe für liegen.«

»Grey! Du sollst dem Baby nicht alles wegessen. *Füttere* es!« Unser Jungvogel kommt zur Besinnung und seiner Aufgabe nach. Unermüdlich hüpft er zwischen dem Napf und dem hungrigen Babyschlund hin und her, bis das Windelding den gesamten Brei aufgegessen hat.

Endlich ist Ruhe. Himmlische Ruhe.

Unser Scheff Adee streckt seinen Kopf unter dem Flügel hervor. »Der heilige Albatros hat meine Gebete erhört und mich von dem Baby befreit.« Er blinzelt. »Oh nein. Liegt das flugunfähige Ding etwa immer noch da im Nest?«

»Ja, aber jetzt ist es satt und zufrieden«, sage ich. »Es braucht nur noch ...«

»Wäääähhh«, meldet sich mein Problem erneut zu Wort.

»Eine frische Windel«, erkläre ich seufzend, während sich Baron Silver de Luft mit einem Verzweiflungslaut wieder in seine Federn zurückzieht.

»Ich bin raus«, sagt Balthasar und schwingt sich eilends in die Luft. »Ich muss dringend zurück nach Keitum auf meinen Posten, damit wir schnellstmöglich herausfinden, wo das Baby hingehört. Ich wollte hier nur mal nach dem Rechten sehen, aber ihr kommt ja bestimmt ohne mich klar.«

»Grey, du bleibst«, sage ich, bevor der Kleine etwas Ähnliches sagen und abhauen kann.

»Ich hab die Windeln besorgt, das reicht ja wohl. Ich werde jedenfalls nicht den Popo ...«

»Du hilfst mir bitte. Allein schaffe ich das nicht. Unser Scheff Adee sieht ja nicht mal mehr die Windel.«

»Och nee. Warum überhaupt dieses Theater? Soll das Baby doch ganz gechillt ins Nest schei...«

»Grey! Keine Widerrede. Ich bin dein Scheff.«

»Na gut.«

Ich nehme mir eine Windel aus der Packung. »Okay, kann losgehen.«

Grey schlüpft unter die Strampelbeine des Babys. »Jetzt, schieb!«

Geschickt platziere ich die Windel unter dem Po. Das klappt ja wie geschmiert.

»Doch nicht so! Du musst die Windel vorher auffalten.«

Ich zerre sie wieder hervor. »Warum sagst du mir das nicht? Okay, drück noch mal.«

»Schieb!«

Geschafft. Jetzt müssen wir das Ding nur noch zukriegen.

»Ähm, Scheff Ahoi, muss die weiche Seite nicht nach innen, um das Pipi aufzusaugen?«, ruft Grey in das Schreien des Babys hinein.

»Nee, oder?«

»Verkehrt rum?«

»Yepp.«

»Okay. Schieb!«

»Drück!«

Uff. Das wäre geschafft. Endlich können wir die Windel zuklappen.

»Schau mal, Ahoi, der Zipfel von dem Baby sieht aus wie ein Wattwurm. Hey, jetzt hat es mich angepinkelt. Igitt, bäh!« Schreiend rennt Grey an mir vorbei zum Watt und schmeißt sich ins Wasser.

»Grey, komm zurück!«

»Mir reicht's. Ich habe genug geholfen. Das ist nicht mein Nest, nicht mein Baby und nicht mein Problem. Und tschüss!«

Scheff Adee hebt seinen Kopf aus dem Gefieder. »Tschüss, Baby? Ist es weg?«

»Ganz im Gegenteil.« Ich besitze definitiv nicht so viele Federn, wie ich mir jetzt ausrupfen könnte. Mit einem Fuß halte ich die Windel zu und befestige mit dem Schnabel die Lasche.

Das Baby gluckst. Ich mache die Windel auf der anderen Seite zu. Wieder gluckst es vor Vergnügen, als ich mit der Schnabelspitze seinen Bauch berühre.

Das Knubbelchen lacht, und ich könnte heulen.

FÜNF

Während das Baby satt und zufrieden daliegt, liegt mir mein Problem in Form dieses flugunfähigen Dings weiter im Magen. Jetzt muss ich Suzette aus dem »Watt 'n' Spa« abholen und kann ihr keine Lösung des Falles präsentieren. Ihren Aufenthalt verlängern kann ich auch nicht, da mich die Sache so schon ein Vermögen kosten wird.

Ohnehin sagt mir ein ganz und gar dummes Gefühl, dass mein Nest noch viel länger besetzt bleiben könnte, als mir das lieb ist. Auf dem Flug nach Keitum begleitet mich dennoch die vage Hoffnung, dass es womöglich dort einen Hinweis auf verzweifelte Eltern gibt, die ihr Baby suchen.

★★★

Im »Watt 'n' Spa« ist wie immer ganz schön was los. Anscheinend wollen heute außerdem ziemlich viele Touri-Möwen vom Festland ein verlängertes Wochenende dort verbringen.

Das Geschäft floriert zwischen Gemäuern in antiker Ruinenoptik direkt am Watt. 2009 wurde dieser Wellnesstempel eröffnet, nachdem die für die Errichtung des Gebäudes zuständigen Menschen offenbar keine Heringe mehr hatten, um weiterzubauen.

Uns soll das recht sein, obwohl wir das alte Meerwasser-Freibad natürlich auch ganz schick fanden, aber da konnten wir immer nur nachts baden.

Das »Watt 'n' Spa« dagegen öffnet täglich seine Pforten für uns, und hinter einem hohen Bretterzaun, der uns vor Menschenblicken schützt, gibt es alles, was das Möwenherz begehrt: Massagen, Algen- und Schlammpackungen, Federnlegen und -färben und Schilfgraspeeling nebst Pediküre. Auf der Karte des Meerzeiten-Restaurants steht ein täglich wechselndes Überraschungsmenü aus frisch geklauten Spezialitäten des Hauses, und für den sparsamen Gast gibt es Austern frisch aus dem Watt.

Ich setze mich auf den höchsten Punkt der Ruine, in das Kreisrund, das mal ein Fenster werden sollte, und erspähe Suzette am Tisch des Restaurants – in männlicher Gesellschaft.

Böse Erinnerungen steigen in mir hoch, und es fühlt sich an wie damals, als ich sie auf dem Dach der Sturmhaube in Kampen mit meinem Erzrivalen Mogulis angetroffen habe. Schon wieder ein Nebenbuhler, der sie zur Balzfütterung eingeladen hat? Wenn dem so ist, dann gibt das Ärger. Auch mit Suzette, denn sie hat mir eine Dauerbrutpartnerschaft versprochen und keine Saisonehe. Dazu hätte sie sich einen anderen suchen müssen.

Ich kann den Typ nur von hinten sehen, aber er scheint in meinem Alter zu sein. Er ist schlank, muskulös gebaut, und seine Federn glänzen im Sonnenlicht, wie meine selbst bei der Hochzeit nach stundenlangem Bad nicht ausgesehen haben.

Ein richtiger Schönling, mit dem sich Suzette da angeregt unterhält. Nein, ich bin nicht eifersüchtig. Ich bin *nicht* eifersüchtig. Ich mag nur keine Nebenbuhler.

Also gut, dann wollen wir mal die Verhältnisse klären. Ich lande neben Suzette und ignoriere die Tischgesellschaft meiner Frau. »Na, mein Spätzchen, bist du schon fertig mit deinen Anwendungen?«

»Ahoi … du bist schon da?«

Schon?, frage ich mich. Nachdem die Fütterungsaktion mit dem Baby so viel Zeit gekostet hat, habe ich eigentlich gedacht, dass sie schon auf mich warten würde. »Du scheinst mich ja nicht vermisst zu haben.«

»Doch, aber siehst du denn nicht, dass ich mich gerade ganz nett mit jemandem unterhalte?«

»Allerdings sehe ich das.« Meinen gereizten Unterton kann ich nicht verbergen.

»Und warum sagst du mir dann nicht mal Hallo?«, fragt nun dieser Jemand, und mein Kopf schnellt herum.

»Jonathan! Das ist ja ein Ding, welcher Wind hat dich denn hierher verschlagen? Wie geht's dir, altes Nest?«

Puh, Gefahr gebannt. Der Typ ist kein Nebenbuhler, sondern mein alter Kumpel Jonathan, mit dem ich jahrelang Crêpes erbeutet habe und der letztes Jahr zusammen mit seiner großen Liebe Helgi unsere Mordsmöwenbande verlassen hat. Gemeinsam wollten sie die Welt bereisen. »Auf zu anderen Ufern«, das darf man in seinem Fall wörtlich verstehen – Sie wissen, was ich meine.

»Erzähl, wie war's als Fotomodell auf den Kreuzfahrtschiffen? Der Job muss ja traumhaft sein.«

»Joa, ich hab viel von der Welt gesehen und bin ziemlich bekannt geworden.«

»Super, Glückwunsch!«

»Aber Jonathan«, sagt Suzette, »du hast mir doch gerade erzählt, dass die Arbeit auch richtig anstrengend ist und gar nicht so traumhaft, wie man sich das immer vorstellt.«

Jonathan schaut auf seinen Fuß und zeichnet damit imaginäre Kreise auf den Boden. »Na ja, der Job kostet schon ein paar Federn, aber so ist das eben. Ist ja überall so. Ich wollte nur mal kurz in der alten Heimat vorbeischauen – in zwei, drei Tagen fliege ich wieder los.«

»Das freut mich. Und was macht Helgi?«

Jonathans Miene verschließt sich. »Weiß ich nicht.«

Oha, das war die falsche Frage. Dabei sah doch alles so gut aus zwischen den beiden. »Das tut mir leid«, sage ich und weiß nicht, was ich noch sagen soll. Ich hätte ihm sein Glück so gegönnt.

Jahrelang haben wir uns gefragt, warum Jonathan trotz seines guten Aussehens immer allein war und nie mit einem Weibchen eine Brutpartnerschaft einging. Als Helgi zu unserer Möwenbande stieß, wurde dieses Rätsel gelöst und Jonathan endlich glücklich.

Er schaut in den Himmel. »Keine Ahnung, wo Helgi sich jetzt herumtreibt. Wahrscheinlich wieder auf Helgoland. Obwohl er mit mir gekommen ist, hatte er immer Heimweh. Na ja, und eines Nachts habe ich ihn dann in flagranti mit so einem schillernden Südseevogel erwischt. Mit ihr wollte er zurück in seine Heimat.«

»Mit *ihr*?«, fragt Suzette.

»Ja. Wie's aussieht, war ich nur ein Ausrutscher. Helgi wollte wohl doch lieber mit einem Weibchen zusammen sein.«

Ich lege einen Flügel über Jonathan. »Auweia, das ist bitter.«

»Schon okay.« Jonathan wischt sich eine Träne aus dem Augenwinkel. »Ahoi, kann ich dich vielleicht einen Moment allein sprechen?«

Suzette reagiert sofort. »Kein Problem. Ich warte am Ausgang auf euch.« Sie steht auf und fliegt aus dem »Watt 'n' Spa«.

»Was ist los, Kumpel?«, frage ich, als Suzette außer Hörweite ist.

»Ich, ähm, ich bin nur hier, weil ich Suzette auf meinem Rundflug entdeckt habe. Ich könnte mir das hier gar nicht leisten.«

»Ja, und?«

»Ich … also, ich hab keinen einzigen Hering mehr auf der Bank. Mein Konto ist total überfischt.«

»Wie kommt das denn? Du konntest doch sonst immer gut mit deinen eingelegten Heringen haushalten.«

Jonathan seufzt. »Helgi hatte keinen Job, wir haben beide von dem gelebt, was ich auf dem Schiff verdient habe. Das war ja auch in Ordnung. Nur habe ich dann, nachdem er mich verlassen hatte, irgendwie die Kontrolle verloren. Ich hab immer wieder zu tief in die Weingläser der Passagiere an Deck geguckt und bin in der Folge während meiner Fotoshootings ein paarmal ziemlich von der Reling abgestürzt. Das hat mich am Ende den Job gekostet, und jetzt bin ich völlig blank.«

»Du kannst zu uns zurückkommen, wenn du möchtest. Für dich habe ich immer einen Platz in der Möwenbande.«

»Ich … danke, aber ich möchte gar nicht zurückkommen. Ich kann nicht. Hier auf Sylt weiß doch jetzt jede Möwe, dass ich vom anderen Ufer bin, und sie würden mich ständig piesacken.«

Da muss ich ihm recht geben. »Was willst du stattdessen machen?«

»Kannst du mir vielleicht … na ja, so tausend Heringe leihen? Ich zahl sie dir auch zurück, sobald ich einen neuen Job habe.«

»Jonathan, ich habe selbst nicht mehr so viele Heringe. Außerdem habe ich gerade erst geheiratet und weiß noch nicht mal genau, was mich das alles kosten wird.«

»Ihr habt geheiratet? Wie schön, herzlichen Glückwunsch!« In Jonathans Lächeln mischen sich wieder Tränen, die er schnell wegwischt. »Ja, dann sorry, dass ich dich gefragt habe. Ich werde schon eine Windrichtung für mich finden. Die Trennung von Helgi hab ich einfach nicht verkraftet und zu viel Mist gebaut. Aber das wird schon wieder.«

Ich überlege noch einen Moment, dann rupfe ich mir eine Feder aus und setze eine entsprechende Markierung mit meinem Schnabel. »Hier, für dich. Damit kannst du zur Bank gehen. Sind eintausendfünfhundert Heringe. Zahl sie mir zurück, sobald du kannst.«

Jonathan fällt mir um den Hals. »Danke! Das werde ich dir nie vergessen. Du bekommst bald alles auf den Hering genau zurück, und ich bringe dir als Zinsen ein paar lecker gedörrte Südseefische mit.«

»Schon gut, Jonathan. Ich weiß gar nicht, ob mein Magen so exotisches Zeug verträgt. Jetzt lass uns zu Suzette gehen, sie wartet auf uns.«

»Ich … ähm, ich würde lieber gleich zur Bank fliegen, wenn das okay ist. Mir ist das peinlich mit der Feder von dir.«

Daran habe ich gar nicht gedacht. Es wäre wohl auch für mich besser, wenn Suzette das nicht sieht, denn sie wäre wahrscheinlich nicht sehr begeistert zu hören, dass ich Jonathan so viele Heringe geliehen habe. Aber ich kenne ihn seit Jahren und weiß, dass er mir so schnell wie möglich alles zurückzahlen wird. Schließlich kann jeder mal in einen finanziellen Engpass geraten, und bei ihm ist das überhaupt das erste Mal in seinem Leben der Fall. Hoffentlich bekomme ich keine rote Mahnfeder von der Heringsbank, weil ich irgendeine noch ausstehende Rechnung vergessen habe. Die Ringe, der Auerhahn und Suzettes kunstvoller Algenschleier sind bezahlt, die Federn für die Platzmiete und das Basstölpelorchester stehen jedoch noch aus, und mein Konto dürfte nach Einlösung dieser beiden Federn und der Deckfeder für Jonathan nicht einmal mehr dreihundert Heringe aufweisen. In nächster Zeit sollten also besser keine unerwarteten Ausgaben mehr auf mich zukommen, sonst muss ich mir was einfallen lassen.

»Ja klar, kann ich verstehen. Wenn du möchtest, komm doch heute Abend zum Essen zu mir in mein neues Nest am Braderuper Watt.«

»Suzette hat mir davon erzählt – und auch von dem flugunfähigen Ding in deinem Nest.«

»Das habe ich bis heute Abend geregelt. Also bis dann, Jonathan.«

Kaum dass Jonathan losgeflogen ist, spricht mich eine Möwendame von der Seite an. »Sind Sie der Möwerich von Suzette? Wenn Sie dann bitte noch bezahlen möchten.« Sie hält mir ein langes Schilfblatt unter die Nase. »Das macht dreihundertzwanzig Heringe.«

»Dreihun...« Mir bleibt das Wort im Hals stecken, aber ich fasse mich schnell und rupfe mir eine weitere Feder aus. »Natürlich, dreihundertzwanzig, sehr gern.«

»Ist das eine Deckfeder?«

»Aber sicher ist das eine Deckfeder. Sie haben doch gerade mit eigenen Augen gesehen, aus welchem Gefiederbereich ich sie mir ausgerupft habe«, erwidere ich entrüstet und bete zum heiligen Albatros, dass sich mein Konto kurzfristig überziehen lässt. Schließlich handelt es sich nur um einen zweistelligen Heringsbetrag, das lässt sich leicht ausgleichen.

»Natürlich, Entschuldigung. Es gibt heutzutage einfach so viele Betrüger und Möwen, die in Heringsschwierigkeiten stecken. Nichts für ungut und Ihnen noch einen schönen Tag.«

Ich hebe den Flügel zum Abschiedsgruß. Wenn die gute Möwe wüsste, in welchen Schwierigkeiten ich stecke. Nur Heringe zählen noch nicht dazu. *Noch* nicht.

★★★

»Wo hast du denn Jonathan gelassen?«, fragt Suzette, die mich am Ausgang auf der Wattseite erwartet.

Und die ganzen Heringe, füge ich im Stillen hinzu. »Ach, der hatte noch eine Verabredung. Er lässt dich schön grüßen. Ich habe ihn für heute Abend in unser Nest eingeladen.«

»Ist das Menschenkind weg?«

»Zum Abendessen werde ich für jeden von uns ein Fischbrötchen erbeuten, dachte ich. Und zum Nachtisch vielleicht deinen Lieblingscrêpe? Ich warte gern stundenlang für dich am Crêpes-Stand in Westerland, bis ein Mensch die Bestellung aufgibt. Als Vorspeise könnte ich noch etwas Sushi bei Eva besorgen, was meinst du? Die mit Lachs magst du doch am liebsten.«

»Ahoi? Ich habe dich etwas gefragt.«

Dass Weibchen sich aber auch immer an alles erinnern müssen. »Ich ... ähm, also ...«

»Also nein.«

Ich trete von einem Fuß auf den anderen. »Wir verfolgen derzeit eine heiße Spur. Bis heute Abend haben wir das Nest für uns, und du kannst in den kommenden Tagen in Ruhe deine Eier ablegen.«

»Eine heiße Spur? Das Boot dahinten?«

Ich folge Suzettes Blick nach Südosten und schirme meine

Augen mit dem Flügel gegen das gleißende Licht auf dem Wasser ab. »Welches Boot?«

Suzette seufzt. »Das rote Boot, das da vorne in Richtung Morsum treibt. Erinnerst du dich an gestern Abend, als wir beim Balztanz den Hügel hinuntergekullert sind und der Angler mit seinem Boot vorbeigekommen ist? Das war gar nicht weit von unserem Nest entfernt.«

»Ja natürlich, aber was hat das mit dem Baby zu tun?« Ich gucke wohl etwas dümmlich, wie ich an Suzettes Gesicht ablesen kann, aber dann fällt es mir wie Flöhe aus dem Gefieder. »Du meinst ...«

»Genau. Vielleicht war das gar kein Angler, sondern der Entführer, der kurz zuvor im Schutz der Dunkelheit durch das Schilfgras gewatet ist, um das Baby in unserem Nest abzulegen.«

Ich reibe nachdenklich den Schnabel an meinem Gefieder. »Aber warum treibt das Boot jetzt auf dem Wasser?«

»Vielleicht hat er es in der Aufregung nicht richtig festgemacht.«

»Oder es war Absicht. Der Täter will, dass das Boot gefunden wird.«

Suzette schlägt mit den Flügeln. »Dann sollten wir schnell hinterher und sehen, wo es an Land getrieben wird.«

»Den Strömungsverhältnissen nach muss es an der östlichen Landzunge hängen bleiben. Also auf nach Morsum, da muss auch Alki irgendwo sein.«

SECHS

Von Keitum aus fliegen wir in einem sanften Linksbogen entlang der Küste auf Morsum zu. Vor uns liegt der grüne Teil der Insel, wo die Möwen weniger vom Tourismus als von der Landwirtschaft leben.

In dieser Gegend sind eine Menge Möwen auf dem Ökotrip und ernähren sich ausschließlich von dem, was die Natur ihnen bietet. Wattwürmer, Muscheln und Krebse. Also, ich weiß nicht. So eine einseitige Kost kann nicht gesund sein, das ist doch viel zu eiweißhaltig. Die kriegen davon bestimmt Gicht in den Flügeln.

Wir halten Kurs auf das Morsum Kliff, das aufgrund seiner satt leuchtenden Farben selbst für eine halb blinde Möwe wie unseren Scheff Adee nicht zu verfehlen wäre. Tiefe Gesteinsschichten haben sich hier durch einen Gletscher an die Oberfläche geschoben, zu einer Zeit, als unsere Möwenahnen noch Flugsaurier waren. Schwarz, Eigelb, Ocker und Weiß – eine Farbenpracht, von der auch eine geologisch ahnungslose Möwe wie ich einfach nur beeindruckt ist.

Das Boot treibt etwas weiter südöstlich, doch selbst wenn es nicht in Morsum an Land gespült wird, bleibt es spätestens am Hindenburgdamm hängen.

An dieser Nabelschnur zum Festland gibt es kein Vorbeikommen, weder für das Boot noch für die flugunfähigen Menschen, die ganz schön viele Heringe bezahlen müssen, um diese Verbindung zu nutzen. Mein Mitleid haben sie.

Auch jetzt überquert wieder ein Autozug den Damm, der zu Zeiten meines Großvaters erbaut wurde. Aus unserer Perspektive sieht das aus wie ein Wurm, der seinem Ziel entgegenkriecht.

Wir erreichen den überschaubaren östlichsten Ort der Insel, der von Schienen in zwei Hälften getrennt wird. Nach ein paar erfolglosen Rundflügen auf der Suche nach Alki setzen wir uns auf das Dach der Morsumer Kirche, von wo aus wir einen guten Überblick haben, auch wenn das weiß getünchte Kirchengebäude kaum höher ist als ein normales Haus.

Genau genommen sieht es so aus, als hätte man zwei weitere, kleinere Gebäude jeweils bis zur Hälfte in den Bauch der Kirche geschoben. Einen Kirchturm gibt es nicht, die Glocke hängt deshalb in einem hölzernen Gerüst, das mitten auf dem Friedhof im Kirchgarten steht. Die Menschen sind manchmal schon seltsam.

Vor allem aber glauben sie seltsame Sachen. Zu Zeiten unserer Vorväter war für den Bau dieser Kirche ein Stück Land im Osten der Insel ausersehen worden, das heute im Watt liegen würde. Das Baumaterial lag bereits an dem abgelegenen Ort – bis es über Nacht an den heutigen Standort verbracht wurde. Von unsichtbarer Hand, wie die Menschen sich erzählen. Ehrfürchtig deuten sie das Geschehen als einen Fingerzeig ihres Gottes, der wollte, dass sie die Kirche an dieser neuen Stelle bauen.

Lassen wir sie in diesem Glauben. Unsere Version der Geschichte klingt anders.

Oder wie würden Sie reagieren, wenn Ihnen jemand einfach so Baumaterial auf Ihr Grundstück werfen würde, auf dem Sie sich gerade ein Nest gebaut haben?

Suzette sucht die Umgebung der Kirche nach Alki ab und dreht sich dabei einmal um ihre eigene Achse. Wie schön sie ist. Und wie gern würde ich jetzt mit ihr in unserem Nest sitzen und sie … na ja, nicht nur anschauen. Sie duftet so gut, erst recht nach dieser teuren Algen- und Schlammpackung, aber auch sonst kenne ich kein Weibchen weit und breit, das so verführerisch riecht wie sie. Und keine, die ein so wundervoll geformtes Hinterteil hat …

»Ahoi?«

»Hm?« Ich erwache aus meinem Tagtraum. »Entschuldige,

ich habe mit meinen Gedanken gerade woanders gesteckt. Was hast du gesagt?«

»Ich frage mich, wo Alki abgeblieben ist.«

»Ihm wird schon nichts passiert sein. Vielleicht hatte er Sehnsucht nach seinem Spätzchen, als er hier nichts herausfinden konnte, und ist nach Westerland geflogen. Wir sollten jedenfalls erst mal nicht länger nach ihm suchen, sondern uns auf das Boot konzentrieren.«

Wir erheben uns also wieder vom Kirchdach und fliegen in Richtung Morsum Kliff.

»Ich mache mir trotzdem Sorgen um ihn. Es kann so schnell etwas passieren. Nicht dass er unter den Autozug gekommen ist.«

»Aua!«, schreie ich und sacke vor Schmerz in eine tiefere Luftschicht. Was für ein Geschoss hat mich da denn mit voller Wucht am Kopf getroffen? Aus dem Augenwinkel sah es aus wie ein Möwenei – aber seit wann, in Albatros' Namen, können Möweneier fliegen?

»Ahoi, alles in Ordnung mit dir?« Suzette ist sofort bei mir.

Ich blinzle und taste mit dem Flügel fassungslos nach der Beule. »Was zum Menschen war das?«

»Es kam von da.« Suzette deutet auf das gepflegte Rasengrün unter uns. Dort stehen Leute mit langen glänzenden Stöcken und schlagen weiße Bälle nach uns.

»Ja, spinnen die denn? Na wartet, ich kann auch gut zielen!« Ich gehe in den Sinkflug.

»Ahoi, lass das!«, ruft Suzette mir hinterher.

Zu spät.

»So eine Drecksmöve!«, schallt es von unten zu mir herauf.

Ich grinse zufrieden und schließe wieder zu Suzette auf.

»Du bist unmöglich, Ahoi.«

»Ich? Die haben angefangen!« Da man einem Weibchen allerdings nicht widersprechen sollte und ich in meiner angespannten Situation ganz sicher keine Dauerbrutpartnerschaftskrise heraufbeschwören möchte, lenke ich ein: »Okay, ich tu's nie wieder.«

Suzette stößt ein helles Lachen aus. »Dann wärest du nicht mehr mein Ahoi.«

Wir gehen in den Landeanflug auf das Morsum Kliff. Dabei überfliegen wir ein Wäldchen und ein abgeschiedenes Haus, das nahe an den Schienen steht.

»Ist das dort unten im Garten nicht Alki?«, fragt Suzette und bleibt in der Luft stehen.

»Das da unten auf der Sonnenliege? Könnte sein. Okay, schauen wir nach.«

Tatsächlich, da liegt Alki auf dem Rücken, einen Flügel über den Augen und neben ihm auf dem Tischchen ein umgestoßenes Weinglas.

Suzette und ich schauen uns an. Beide denken wir das Gleiche und wollen es nicht glauben.

Ich räuspere mich.

Alki fährt zusammen und verheddert sich vor Schreck mit seinen Flügeln im Handtuch, das auf der Liege ausgebreitet ist. »Huch, ihr seid's. Was macht ihr denn hier?« Er hat sein Gefieder wieder gerichtet und stellt sich auf. »Habe keine besonderen Vorkommnisse zu vermelden.«

»Alki? Hast du zu tief ins Glas geschaut?«, frage ich ohne Umschweife.

»Nein, wie kommst du denn darauf? Ich bin seit meiner Therapie auf dem Autozug trocken, das weißt du doch. Seit einem Jahr habe ich keinen Alkohol mehr angerührt. Nicht in einem Crêpe, und schon gar nicht habe ich mich seither ins Weinglas eines Touris gestürzt.«

»Und was ist mit dem hier?«, forscht Suzette nach.

»Das war ich nicht.« Jetzt hält er sich beim Sprechen den Flügel vor den Schnabel. »Das lag schon so da, als ich kam. Ein Mann und eine Frau waren vorhin im Garten und sind jetzt ins Dammwärterhaus gegangen. Da dachte ich, ich könnte mich ein bisschen auf der Liege sonnen. Das ist eine Ruhe hier.

Herrlich.« Mit einem tiefen Seufzer streckt er seine Flügel aus.

»Alki, wir haben dich gestern in der Hochzeitstorte gefunden. Und in den Kirschen war Alkohol. Von denen hast du nicht zu knapp gegessen, und ich habe Bedenken, dass du jetzt einen Rückfall hast«, sage ich ihm auf den Kopf zu.

»Ach, red doch keinen Blödsinn. Mit mir ist alles okay.«

»Ich will es hoffen. Wir brauchen dich nämlich. Es gibt eine heiße Spur. Wir beobachten ein Boot, das bald hier an Land getrieben wird, und müssen herausfinden, wer der Besitzer ist, denn mit dem Boot könnte das Baby entführt worden sein. Wir wollen uns beim Morsum Kliff auf die Lauer legen.«

»Wow. Boot, Baby, Entführung – das klingt nach einem guten Krimi, da mache ich mit.« Alki stellt sich auf das Kopfteil der Liege, salutiert und schlägt die Hacken zusammen. »Zu Diensten, Scheff.«

»Schnell weg hier«, ruft Suzette. »Die Besitzer kommen in den Garten.«

Wir packen Alki rechts und links unterm Flügel, damit er schneller Auftrieb bekommt. Puh, das war knapp.

Erst in einer höheren Luftschicht lassen wir Alki los. Das stellt sich als ein Fehler heraus.

Er fliegt bedenkliche Kurven – und was macht er jetzt? Alki kommt total vom Kurs ab und ist gleich darauf außer Sicht.

»Hinterher?«, fragt Suzette.

»Hinterher«, bestätige ich.

Wir kommen bis zum Ortsschild, da hören wir ihn schreien.

»Ich habe das Boot, ich habe das Boot. Und den Entführer festgenommen. Schnell, kommt her!«

Wir landen neben Alki an der viel befahrenen Straße, die nach Morsum hineinführt.

»Alki, das ist ein Denkmal.«

»Ja, ich kann mal denken, ich bin total klar im Kopf. Hilf mir, die Männer in Schach zu halten.« Alki hüpft schreiend über die Hüte der Männer im gelben Ölzeug hinweg, die vor dem Ortsschild in einem Holzboot mit starrem Blick an ihren Rudern stehen.

»Alki, das sind nicht die Baby-Entführer. Das Boot haben die Menschen hier zur Erinnerung aufgestellt. An die Zeiten ihrer Urgroßväter, die sich im Winter mit einem Eisboot zum Festland hinübergekämpft haben, als es den Hindenburgdamm noch nicht gegeben hat.«

»Genau«, pflichtet mir Suzette bei. »Die Männer brachten Nahrungsmittel und wichtige Medizin mit zurück. Dafür mussten sie ihr Boot von Wasserloch zu Wasserloch über die Eisschollenfelder ziehen, und bei Nebel haben sie die Orientierung verloren, viele von ihnen sind erfroren.«

Alki schüttelt den Kopf und beäugt von der Schulter einer der täuschend echt wirkenden Gestalten aus die Szenerie. »Die Jungs wirken tatsächlich ein bisschen steif. Wahrscheinlich sind die erfroren.« Er kriegt sich über seinen eigenen Witz schier nicht mehr ein und schlägt sich vor Lachen auf die Schenkel. Dabei verliert er das Gleichgewicht und fällt ins Boot.

Kein Laut mehr von ihm.

»Auweia, das sah nicht gut aus«, erklärt Suzette und ist sofort bei ihm, um Erste Feder-Sortierhilfe zu leisten. »Gott sei Dank, es scheint nichts gebrochen zu sein.«

Alki macht für einen Moment die Augen auf, schließt sie jedoch gleich wieder und reißt gähnend den Schnabel auf.

»Lass ihn liegen, Suzette. Der ist fix und fertig. Soll er seinen Rausch ausschlafen, wir holen ihn später ab.«

★★★

Als wir am Morsum Kliff ankommen, ist das Boot schon an Land gezogen worden, und ein paar Leute stehen darum herum, unter anderem auch das Ehepaar, vor dem wir im Garten des Dammwärterhauses geflüchtet sind.

Die Menschen reden durcheinander, und jeder scheint eine

bessere Idee zu haben, woher das Boot kommen könnte, aber keiner scheint es genau zu wissen.

Irgendwann hat der Mann vom Dammwärterhaus genug und greift zu seinem Handy.»Bei den Strömungsverhältnissen kann das Boot nur vom Hafen Munkmarsch oder aus List gekommen sein. Ich telefoniere jetzt mal mit dem Hafenamt.« Gesagt, getan. Nach ein paar Wortwechseln legt er auf und sagt zu den Umstehenden:»Die Besitzer sagen, dass der Motor zuvor noch nicht defekt war. Sie lassen ihr Boot mit dem Trailer abholen. Es ist gestern vom Liegeplatz in List verschwunden und war bereits als gestohlen gemeldet.«

SIEBEN

Harry staunt nicht schlecht, als Suzette und ich auf den Lister Hafen zugeflogen kommen. Zwischen uns hängt Alki, von dem wir jeweils einen Flügel im Schnabel haben. Wir setzen uns zu ihm aufs Dach seines Spähpostens, einer roten Bretterbude. Wobei das keine Bude, sondern ein wahrer Fischtempel ist, ein Paradies, aus dem es so verführerisch duftet, dass mein Magen knurrt und nach satter Beute verlangt. Bis auf ein paar Reste vom Büfett, die ich quasi im Vorbeifliegen gegessen habe, habe ich heute noch nichts zu mir genommen. Und ich wollte ja ohnehin noch das Abendessen für heute besorgen.

»Der sieht aber nicht gut aus«, konstatiert Harry, als wir Alki zwischen uns ablegen. Der wirkt tatsächlich etwas grün in den Federn, und seine Zunge hängt ihm aus dem Schnabel.

Auf dem Weg nach List mussten wir auf dem Dach der Keitumer Kirche, auf der Sturmhaube in Kampen und auf den Lister Seekühen Zwischenstation machen, weil andernfalls weder Alkis Magen noch Suzettes Kräfte die Anstrengung unbeschadet überstanden hätten.

Mein tapferes Weibchen hat im Gegensatz zu Alkis Magen durchgehalten. Im Eisboot hätten wir unseren Freund jedoch nicht liegen lassen können. Wenn er in seinem Zustand irgendwann aufgewacht wäre und uns gesucht hätte, wäre er womöglich direkt auf die viel befahrene Straße gelaufen.

»Ich fürchte, er hat einen Rückfall. Wir müssen dafür sorgen, dass er bis heute Abend wieder nüchtern ist. Wenn Frau Spatz ihn so sieht, ist es aus zwischen den beiden – und das würde unser Alki als Allerletztes vertragen.«

»Das haben wir gleich«, sagt Harry, packt Alki mit dem Schnabel und trägt ihn mit seiner kolossalen Kraft über das Hafenbecken.

Plumps.

Der arme Alki, aber die Rosskur wird hoffentlich helfen.

Wo ist er denn jetzt? Alki kommt gar nicht mehr an die Wasseroberfläche. Auch Harry scheint nervös zu werden und stößt im Rundflug ein paar Schreie aus.

Ich stoße mich vom Dach ab und kreise ebenfalls über dem Hafenbecken. Unter mir liegt ein hölzernes Ausflugsboot voller Touristen; auf dem hatte Jonathan letztes Jahr seinen ersten Auftrag als Fotomodell.

Die Menschen richten ihre Kameras auf uns. Helfen kann niemand, sie haben gar nicht bemerkt, dass Alki untergegangen ist wie ein Stein. Suzette hört vor Angst gar nicht mehr auf zu schreien, und auch ich werde mit jedem Flügelschlag panischer.

Krampfhaft versuche ich, Alki in dem trüben Wasser zwischen den vielen kleinen Booten zu erspähen. Hoffentlich treibt er nicht hinaus aufs offene Meer.

»Da!«, schreit Harry und stößt dicht an der Kaimauer in die Tiefe.

Ein Raunen geht durch die Menschenmenge auf dem Ausflugsboot.

Hoffentlich geht das alles gut. Lieber einen betrunkenen Alki als gar keinen Alki mehr.

Da ist er wieder! Dem Himmel sei Dank. Triefend nass und Wasser spuckend hängt er im Schnabel von Harry. Die Touris halten mit ihren Handys und Fotoapparaten den Moment fest, als Harry ihn auf das Dach eines der bunt gestrichenen Häuser an der Kaimauer hievt, in denen es für uns nur unverdauliche Bauchweh-Pizza und so was gibt.

»Das war knapp.« Ich seufze tief, während Suzette sofort damit beginnt, Alki das Wasser aus den Federn zu streichen.

»Nur gebracht hat es leider wenig«, stellt sie fest. »Er schläft schon wieder.«

Harry schüttelt den Kopf. »Das wird so nichts. Bringen wir ihn in den Lister Urwald.«

»Wohin?« Ich glaube, mich verhört zu haben. Nun lebe ich seit zehn Jahren hier und wusste nicht, dass wir auf Sylt einen Urwald haben.

»So heißt das kleine Waldstück am nördlichen Ortsrand.«

»Und da willst du ihn irgendwelchen wilden Tieren zum Fraß vorwerfen?«

»Nein, da sieht's nur aus wie im Urwald. Zwischen den knorrigen Bäumen gibt es jede Menge Brombeerdickicht. Da ist es ruhig und dunkel, und er kann in Ruhe seinen Rausch ausschlafen. Ich bringe ihn mal eben dahin. Warum seid ihr überhaupt mit ihm hierhergeflogen?«

»Weil wir dem Entführer auf die Spur gekommen sind. Gleich wird hier ein rotes Motorboot angeliefert, mit dem wurde das Baby höchstwahrscheinlich in mein Nest gebracht. Und nun sind wir auf die Besitzer gespannt, die warten wohl hier im Hafen.«

»Das wird der Mann sein, der seit heute Morgen aufgeregt vor dem Hafenamt auf und ab läuft. Er redet davon, dass sein Boot gestohlen wurde, und das ausgerechnet einen Tag vor seiner Hochzeit.«

»Okay, den schauen wir uns mal näher an.«

★★★

Wäre der Mann nicht so aufgeregt, könnte man ihn glatt übersehen, weil er so unscheinbar ist. Er ist nicht besonders groß, und von der Statur her wirkt er so, als könne eine Sturmböe ihn jederzeit umwerfen. Seine Haare sind grau-braun wie das Gefieder einer Jungmöwe, und er trägt eine dieser menschentypischen blauen Hosen und ein weißes T-Shirt. Nur seine Stimme tönt unüberhörbar über das Hafenbecken hinweg, als der Trailer in Sicht kommt.

»Gott sei Dank, da ist unser Boot ja wieder! Meine Güte, was für eine Aufregung. Mensch, Sören, hoffentlich bekommst du den Motor bis übermorgen wieder flott« sagt er dem Mann, der das Boot aus Morsum geholt hat und ihm beruhigend auf die Schulter klopft.

Doch von Beruhigung keine Spur. »Meine Liebste und ich wollen nach der Hochzeitsfeier mit dem Boot in die Flitterwochen starten«, plappert er unaufhaltsam weiter. »Sie ist doch bald im sechsten Monat. In ihrem Zustand sollte sie besser nicht mehr mit dem Autozug fahren, sagt der Arzt. Sie wäre nicht die erste Frau, bei der das starke Gerüttel vorzeitige Wehen auslöst. Ich will sie mit unserem Boot ganz romantisch zum Festland rüberschunkeln, wo dann eine Limousine auf uns wartet, die uns zum Flughafen nach Hamburg bringt, und dann ab nach Mauritius.«

Tja, denke ich. Das würde ich mir auch gern leisten können. Sicher, so ein Hochzeitsflug in den Süden wäre nicht das Problem, aber ich kann kein fremdes Nest bezahlen. Mein eigenes hat mich schon ein halbes Vermögen gekostet.

Suzette hat unsere Flatterwochen mit keinem Wort erwähnt. Für sie ist das nur unnötige Heringsausgeberei, dennoch glaube ich, sie wäre schon gern mit mir weggeflogen.

»Wenn ich den Kerl kriege, der sich mein Boot für diese Spritztour geschnappt und dabei auch noch den Motor geschrottet hat.«

»Suzette«, raune ich. »Wir müssen uns das Boot näher ansehen, solange es noch auf dem Trailer steht und der Besitzer abgelenkt ist.«

In einem unbeobachteten Moment hüpfen wir hinein und schauen uns jeden Winkel an. Da, in einer Ecke, von der Sitzbank verdeckt, sehe ich einen kleinen blauen Plastikgegenstand. Ich packe ihn und zeige ihn Suzette. »Na bitte. Das ist doch so ein Ding, das man Babys in den Mund steckt.«

»Ein Schnulli«, flüstert sie.

»Ein Beweis!«

»Ahoi, hör doch mal, worüber der Besitzer gerade mit diesem Sören spricht.«

»Okay, Ole. Ich krieg das hin, dein Boot wird übermorgen

wieder flott sein, versprochen. Aber denk mal nach, das Boot muss mit einem Schlüssel gestartet worden sein – und wenn außer dir und deinem Mitbesitzer Peter Lorenzen keiner einen hat, würde ich mir den guten Peter an deiner Stelle mal zur Brust nehmen. Da kannst du auf Freundschaft keine Rücksicht nehmen. Die Reparatur kostet schließlich auch Geld.«

»Du hast natürlich vollkommen recht. Nur geht er nicht ans Telefon. Ich war heute Vormittag auch schon bei der Polizei, habe den Diebstahl angezeigt und alles entsprechend zu Protokoll gegeben.«

»Na, denn man tau.«

»Jau, bis dann. Wenn du's zeitlich schaffst, bist du morgen zur Hochzeit eingeladen. Elf Uhr, Westerländer Rathaus. Danach geht's mit allen Gästen nach Hörnum ins Strönholt.«

»Mensch, Ole, du lässt dich die Feier ja was kosten.«

»Man heiratet nur einmal im Leben – und meine große Liebe ist mir jeden Cent wert. Für sie soll es eine unvergessliche Hochzeit werden, mit allem, was sie sich wünscht.«

Suzette stupst mich an. »Hoffentlich hast du nicht so viele Heringe für unsere Hochzeit ausgegeben. Wir müssen doch für unsere künftigen Küken sparsam sein.«

»Nein, nein, alles okay«, nuschele ich schnell, weil der Schnulli an meinem Schnabel baumelt. »Was machen wir denn jetzt mit diesem Corpus Delicati?«

Zum Glück gelingt mir die Ablenkung, und Suzette denkt über das neue Thema nach.

»Hier bist du, Ahoi, Gott sei Dank«, piepst es unvermittelt neben mir. Frau Spatz schlägt so schnell mit den Flügeln, dass mir vom Zusehen ganz schwindlig wird. »Habt ihr meinen Adalbert gesehen? Habt ihr ihn gesehen? Irgendwo gesehen? Ich war in Morsum, suche ihn überall. Bei deinem Nest ist er auch nicht. Da schreit nur das Baby, und Baron Silver de Luft hat bald keine Federn mehr.«

Ich muss Luft holen. »Alki … ich meine, dein Adalbert ist mit Harry unterwegs. Die gehen einer Spur nach.«

»Wo denn?«

»Ach, so hier und da. Für diese Mission braucht es absolute Ruhe.« Mit beschleunigtem Herzschlag schaue ich in Richtung Urwald und bete, dass Harry nicht ausgerechnet jetzt wieder auftaucht. Wie werde ich Frau Spatz nur schnell wieder los? »Wir haben die Lage hier gut im Griff. Und du könntest mir helfen, indem du diesen Schnulli zu meinem Nest fliegst. Damit beruhigt sich das Baby.«

»Wird gemacht, Scheff«, piepst Frau Spatz. »Und danach beziehe ich wieder Stellung auf meinem Posten in Westerland. Bis heute Abend.«

»Danke!«, rufe ich ihr hinterher. »Damit tust du mir einen großen Gefallen.« Wie groß, das erahnt sie gar nicht.

ACHT

Harry ist noch nicht zurück, als der Bootsbesitzer namens Ole in sein silbergraues Auto steigt und Suzette und ich ihm hinterherfliegen. Es geht entlang der Hauptstraße durch den Inselnorden.

Auf Höhe der großen Wanderdüne muss er abbremsen, weil sich noch ein Tourist in die kleine, überfüllte Parkbucht am Fahrbahnrand zwängen will, um ein Foto zu machen. Keine Ahnung, warum die Menschen von diesem großen Sandhaufen so begeistert sind. Gibt doch Sand weit und breit auf der Insel. Und noch weniger verstehe ich, warum sie zwar alle von Nord nach Süd und umgekehrt am Strand entlanglaufen, den goldgelben Berg aber nicht betreten dürfen.

Umso schöner für uns. Hier habe ich meine ersten Schnäbelübungen gemacht. Zu einer Brutpartnerschaft kam es damals allerdings nicht – vielleicht weil ich dem Weibchen gesagt habe, dass mir ihr ausladendes Hinterteil so gut gefällt, ich weiß es nicht. Jedenfalls kippte danach die Stimmung, und ich bin allein nach Hause geflogen.

Dafür habe ich heute Suzette an meiner Seite, und das soll auch ein Leben lang nie wieder anders sein.

Als wir auf der Nord-Süd-Route durch Kampen fliegen und das Gebäude der Sturmhaube rechter Flügelspitze neben uns auftaucht, muss ich daran denken, wie ich sie dort zum ersten Mal mit meinem Rivalen Mogulis gesehen habe, woraufhin mein großer Eroberungsfeldzug begann. Nach unserem gestrigen Hochzeitstag bin ich am Ziel meiner Träume angelangt – wenn da nicht dieser Alptraum in meinem Nest wäre.

Unter uns ziehen Reetdachhäuser vorbei. Sie stehen in angenehmem Anflugabstand zueinander. Wir überfliegen den Hobokenweg, Deutschlands teuerste Nistmeile, und behalten das silbergraue Auto im Blick.

Viele Möwen vom Festland haben hier ihren Zweitnistplatz und kommen nur alle paar Monate mal eingeflogen. Manche kommen auch jahrelang nicht und haben deshalb jemanden engagiert, der regelmäßig nach dem Rechten schaut und für sie ein paar Federn verstreut, damit das Nest bewohnt aussieht. Na ja, ich könnte mir das nicht leisten.

Im nächsten Ort biegt dieser Ole am Kreisverkehr rechts ab, fährt bis zum Dorfteich und stellt dort sein Auto vor einem Haus ohne Reetdach ab. Wir befinden uns jetzt in einer Gegend, in der es keine riesigen Villen gibt. Obwohl Wenningstedt nur ein paar Flügelschläge von Kampen entfernt liegt, ist die Welt hier eine ganz andere. Es riecht nicht nach Edelfisch, es gibt keine Whiskymeile zum Schaulaufen und keinen Mogulis, der allein über mehrere Restaurants herrscht.

Oles Haus ist zwei Stockwerke hoch und hat einen gepflegten Vorgarten, der mit einer inseltypischen Landemauer ausgestattet ist.

Wir vertreten uns angelegentlich die Beine darauf, bis der Mann ins Haus gegangen ist. Mit einem Kopfnicken deute ich auf die geöffnete Terrassentür, und Suzette folgt mir zögernd.

Drinnen hören wir Stimmen, aber sie klingen zu dumpf, um etwas verstehen zu können.

»Wir müssen da rein«, sage ich zu Suzette.

»Bist du wahnsinnig, ein Haus zu betreten? Ich gehe nicht in die Nähe von Menschen. Keine zehn Kinder bringen mich da rein.«

»Gut, dann gehe ich allein. Ich will wissen, was die beiden zu besprechen haben.«

Suzette wird bleich um den Schnabel. »Ich lasse dich nicht allein gehen. Das kommt gar nicht in Frage.«

»Dann komm mit.«

»Nein, ich kann nicht.« Ihre Flügelspitzen zittern.

»Entscheide dich, ich muss da jetzt rein.«

Suzette macht einen Schritt vorwärts, und ich lege ihr einen Flügel über den Rücken. Ihr Körper bebt, doch sie ist tapfer.

Wir schleichen durch den Wohnraum mit Kamin, durch die angrenzende Küche und den Flur bis zu dem Zimmer, in dem wir Ole mit seiner Frau sprechen hören. Die Tür ist nur angelehnt, und jetzt verstehen wir jedes Wort.

»Nein, es ist wirklich nicht notwendig, dass du einen Arzt rufst. Ich habe mich ausgeruht, und es geht mir schon besser. Das war einfach ein bisschen viel Aufregung.«

Wir stellen uns an den Türrahmen und linsen um die Ecke. Auf dem Federnest liegt eine Frau mit einem dicken Bauch. Ole schaut zum Fenster hinaus, während er mit ihr spricht.

Suzette stupst mich an. »Schau dir das mal an, wie die Frau brütet.«

Ich nicke bloß.

»Sören hat mir versprochen, das Boot bis übermorgen wieder flottzumachen, und die Polizei ermittelt.«

»Muss das wirklich sein? Ich meine, vielleicht war Peter nach deinem Junggesellenabschied gestern bloß ein bisschen zu betrunken und ist auf die dumme Idee gekommen, mit dem Boot noch eine Spritztour zu machen. Das sähe deinem Freund doch ähnlich, oder?«

»Allerdings. Seine dummen Ideen haben auch zwanzig Jahre nach unserer Schulzeit nicht nachgelassen. Aber er wird es wie immer nicht zugeben. Zumindest nicht vor mir, also bleibe ich auf dem Schaden sitzen, wie damals, als er sich mal meinen neuen Roadster ausgeliehen hat. Ich hab's auf mich genommen, den Wagen auf die Friesenmauer gesetzt zu haben, weil mich die Beamten nüchtern zu Hause angetroffen haben. Dabei hat er mir auf dem Fest den Schlüssel aus der Jackentasche geklaut, weil ich ihm nach seinen acht Bier mit Korn die Probefahrt verboten hatte. Erinnerst du dich? Sie hätten ihm den Lappen abgenommen, wenn ich ihn verpfiffen hätte. Er ist mein Freund, aber genug ist genug.«

»Ich habe weiter versucht, ihn zu erreichen, während du weg warst, aber er geht nicht ans Handy.«

»Wundert dich das? Der muss erst noch seinen Rausch ausschlafen. Denk mal daran, wie es mir heute Morgen ging.«

»Bini geht aber auch nicht dran, und sie trinkt weder Alkohol, noch war sie auf dem Junggesellenabschied. Außerdem lässt sie ihr Handy nie aus den Augen. Das wundert mich schon.«

»Wahrscheinlich hat sie stellvertretend das schlechte Gewissen. Oder mit dem kleinen Jonas ist irgendwas, und sie ist mit ihm beim Arzt.«

»Kann gut sein. Du hast recht, wir sollten die Polizei ermitteln lassen und uns auf unseren großen Tag morgen freuen. Ich liebe dich, Ole.«

Die beiden schnäbeln miteinander.

»Ich liebe dich auch, Caro«, sagt Ole dann. »Aber meinst du nicht, dass wir unsere Flitterwochen nicht vielleicht doch lieber verschieben sollten?«

»Ach was, ich bin gerade mal so im sechsten Monat, und der Arzt hat mir das Okay gegeben, sofern ich nicht mit dem Autozug fahre. Ich habe mich nur so aufgeregt, weil das Boot verschwunden war. Jetzt ist alles wieder gut. Lass uns fliegen und nichts verschieben. Wir hatten doch darüber gesprochen und waren uns einig. Wenn wir bald zu dritt sind, können wir unsere Flitterwochen so schnell nicht mehr nachholen.«

»Wie du meinst. Hoffentlich geht das gut. Kannst du aufstehen? Schau mal, da drüben auf dem Spielplatz. Die Möwen sind heutzutage auch nicht mehr normal. Da ist gerade eine die Rutsche runtergerutscht. Zuvor stand sie auf der Stange dieses Karussellkreisels, und die Kinder haben sich einen Spaß daraus gemacht, sie so lange zu drehen, bis sie aus der Kurve flog. Jetzt torkelt sie direkt auf die Straße zu.«

Suzette stößt einen entsetzten Schrei aus.

»Was war das denn?«

Schritte.

»Ich glaube, ich spinne, wir haben zwei Möwen in der Wohnung!«

Jetzt schreie ich auch. »Raus hier, Suzette, schnell!«

Im Schusstempo rennen wir los, ich hechte auf die Terrasse hinaus, die Tür knallt hinter uns zu, und ich spüre den Luftzug noch an den Schwanzfedern.

»Puh, das war knapp«, sage ich zu Suzette. »Suzette? Wo bist du denn?« Hektisch drehe ich mich um die eigene Achse. »Suzette?«, schreie ich.

Verdammt, sie hat es nicht geschafft. Mit panischem Gesichtsausdruck kauert sie drinnen unter dem Sofa. Beim heiligen Albatros, wie soll ich sie da rausholen?

Ich fliege um das Haus herum. Das Küchenfenster ist gekippt.

»Suzette«, rufe ich, »hierher.«

Von drinnen kommt kein Geräusch, aber sie muss mich gehört haben. Da fällt mir ein, dass sie schon einmal in einem Fensterspalt stecken geblieben ist.

»Okay, ich hole Hilfe. Halt durch!«

Grey muss Suzette rausholen. Wenn er noch lebt, heißt das, denn er ist als Kundschafter in Wenningstedt unterwegs, und ich habe keinen Zweifel, dass Ole mit der Möwe eben ihn gemeint hat.

Ich finde Grey erwartungsgemäß mitten auf der Straße, wo er sich singend im Kreis dreht. Zum Glück ist gerade kein Auto in Sicht.

»Auf dem Spielplatz, auf dem Spielplatz, ist es schön, auf dem Spielplatz bin ich gern«, singt er lauthals. »Ja, ich fahre Karussell, aber bitte nicht so schnell …«

Ich bremse Grey ab und halte ihn am Flügel fest. »Du musst mir helfen.«

»Schon wieder Windeln wechseln? Ohne mich. Auf dem Spielplatz, auf dem Spielplatz …«

»Grey, Suzette ist in dem Haus da eingesperrt.«

»Ach du heilige Möwenscheiße. Okay, ich komme mit.«

Ich lasse Grey los, und er begibt sich für zwei, drei Schritte wieder auf seine Kreisbahn, torkelt dann aber mit bedenklicher Schräglage geradeaus weiter.

»Grey, falsche Richtung.«

Meine Güte, welcher Floh hat mich nur geritten, die Wahl zum Scheff dieser Chaotenbande anzunehmen?

Ich nehme Grey beim Flügel, und wir pirschen uns auf der Terrassenseite an das Haus ran. Suzette kauert noch immer unter dem Sofa, sie hat die Flügel über die Augen gelegt.

Ich will Grey zum gekippten Fenster auf der anderen Seite lotsen und ihm erklären, wie er von da ins Wohnzimmer zu Suzette kommt, doch er hört mir gar nicht zu.

»Ich habe eine Idee«, sagt Grey und macht sich von mir los. Er macht zwei Schritte rückwärts und wirft sich mit der Schulter gegen die Glastür. Dann noch mal und noch mal.

»Grey, um Himmels willen, was machst du denn?«

»Wirst du schon sehen.«

Gerade als er sich ein viertes Mal gegen die Scheibe werfen will, geht die Tür von drinnen auf. »Ja, bin ich denn verrückt geworden? Haut ab, ihr Biester!«

Jetzt begreife ich. »Lauf, Suzette, lauf!«, schreie ich und flattere auf.

Mein Geschrei bringt diesen Ole noch mehr in Rage. »Haut ab!«

»Suzette, lauf!«

Der Mann knallt die Tür zu, ehe Suzette sich unter dem Sofa hervorgewagt hat. Verflucht, das wäre unsere Chance gewesen. Aber meine arme Suzette ist so verängstigt, dass sie sich nicht an den Beinen des Menschen vorbeitraut.

»Okay«, sagt Grey und stemmt die Flügel in die Hüften. »Wenn der Wattwurm nicht zur Möwe kommt, dann muss eben die Möwe zum Wattwurm.«

»Was hast du denn jetzt wieder vor?«, rufe ich, als er auf das Dach des Hauses fliegt und sich auf dem Kamin zum Sturzflug bereit macht. »Grey, du kannst doch nicht …«

Er kann.

Von drinnen ist ein Tumult zu hören. Nun zittern auch mir die Federn. Kurz darauf fliegen zwei Möwen auf die Terrasse. Per Fußtritt. Die eine weiß, die andere schwarz.

NEUN

Nach einem ausgiebigen Bad für Grey im Wenningstedter Dorfteich sind wir uns einig, erst einmal zu meinem Nest zurückzufliegen. Besser gesagt, Grey und ich sind uns einig. Suzette hat ein paar ... nennen wir es mal Einwände. Nachdem sie sich vom Schock ihrer Gefangenschaft erholt hat, zetert sie nun schon seit einer halben Stunde wie ein Rohrspatz. »Nie wieder, nie wieder gehe ich in die Nähe irgendeines Menschen. Der hätte mich durch seinen Tritt umbringen können!«

Mit einem Kopfschütteln verzieht Grey den Schnabel und signalisiert mir durch das leichte Aufspannen seiner Flügel seine Abflugbereitschaft. Er hat genug. Vom Tag und von Suzette.

»Jetzt komm runter und chill mal ein bisschen«, mault er. »So einen Menschenfußtritt kriegt doch jede Möwe in ihrem Leben mal ab. Ich hab auch schon einen überlebt und jetzt wieder. Es kommen eben nur die Harten in den Garten.«

»Halt deinen altklugen Schnabel, du pubertierende Jungmöwe.«

»Ach, meinen Schnabel soll ich halten, aber retten durfte ich dich, ja? Ihr könnt mich alle mal.«

»Schluss jetzt, alle beide. Bitte. So kommen wir nicht weiter. Wir sind doch ein Team.«

»Dein Team kannst du dir in die Federn stecken. Solange ich nur eine pubertierende Jungmöwe bin, braucht ihr mich ja ohnehin nicht. Dabei bin ich längst alt genug, meinen eigenen Weg zu fliegen. Ich werde meine eigene Bande gründen. Du hast ja nicht mal den Mumm in den Flügeln, mich vor deinem Weibchen zu verteidigen, damit sie sich mal bei mir bedankt. Stattdessen weist du uns beide zurecht.«

»Aber Grey ...«

»Geschenkt. Ich bin weg.« Grey hebt Richtung Nordsee

ab, wo auf dem Kliff ein riesiges Fischbeuteparadies steht, das aus der Luft wie eine mit Gras bewachsene Düne aussieht. Ziemlich neu erbaut und unter uns Möwen seither eine der TOP-Adressen für Fischspezialitäten. Da fällt mir ein, dass ich ja für das Abendessen mit Jonathan noch etwas Leckeres besorgen muss.

»Es tut mir leid«, sagt Suzette. »Ich bin einfach gerade ziemlich durch den Wind.«

»Ich weiß, mach dir keine Sorgen. Grey kommt schon wieder zurück, dann könnt ihr in Ruhe miteinander reden. Jetzt sollte ich mich aber mal ums Abendessen kümmern, und dann wird es Zeit, dass wir nach Hause fliegen.«

»Ahoi, ich … Ich möchte nicht zu deinem Nest, nicht zu diesem Menschenbaby.«

»Aber es tut dir doch nichts, Suzette. Wo willst du denn sonst hin?« Dunkle Erinnerungen steigen in mir hoch. Gut, als sie die Nächte bei Mogulis verbracht hat, waren wir noch kein Brutpaar, aber das hat sich inzwischen geändert, und ihr Platz als meine Dauerbrutpartnerin ist doch an meiner Seite, in *unserem* Nest. »Ich garantiere dir, es wird dir nichts passieren. Bitte, wir sind doch jetzt ein Brutpaar.«

Suzette senkt den Blick. »Ich habe Angst.«

»Vertrau mir, bitte.«

Meine Liebste legt ihren Flügel in meinen und lächelt ein klein wenig. »Gut, dann fliegen wir mal einkaufen. Wir brauchen Matjes, Makrele, und schön wäre auch noch ein bisschen Lachs, oder?«

Das ist meine Suzette.

Zum Fischhändler sind es nur ein paar Flügelschläge, und mir läuft schon auf dem Weg dorthin meine erste Beute über den Weg.

Matjesbrötchen. Die Frau hat jeweils eines in jeder Hand und geht damit auf ihren Mann zu.

»Zum Angriff!«, rufe ich Suzette zu, fliege von hinten an die Frau heran, schieße knapp über ihre Schulter hinweg und schnappe mir den Matjes. Die Zwiebeln baumeln noch im Brötchen.

Perfekt, so muss das laufen. Die Frau hat sich von ihrem Schreck noch nicht erholt, da schnappt sich Suzette den zweiten Matjes aus dem anderen Brötchen.

Ein paar zusätzliche Raubzüge später kehren wir mit den Schnäbeln voller Beute zum Nest zurück. Schon von Weitem sehe ich ein Tohuwabohu – und unseren Scheff Adee, der mit einer Windel auf dem Kopf fluchend zum Wasser rennt.

Aus dem Chaos spricht eine Stimme zu mir: »Lächle und sei froh, denn es könnte schlimmer kommen.« Also lächele ich und bin froh – und es kommt schlimmer.

Mein Nest ist über und über mit Brei bekleckst, der Schnulli liegt im Watt, und Frau Spatz rennt wie aufgezogen im Zickzack am Strand entlang und bringt kleine Muscheln herbei. Über allem thront Balthasar hinter seiner geklauten Tageszeitung auf dem Nestrand und liest.

Ja, sind denn jetzt alle verrückt geworden?

Dem kleinen Knubbelchen allerdings scheint es prächtig zu gehen. Es liegt auf dem Rücken, hat seine Füße zu sich herangezogen und stößt beim Versuch, die Zehen in den Mund zu nehmen, quietschende Laute aus. Suzette beäugt es misstrauisch, bringt den Fisch in den Schlickkühlschrank und hält sich sicherheitshalber etwas abseits.

Balthasar schaut hinter seiner Zeitung hervor und setzt seine runde Brille ab. »Hey, da seid ihr ja endlich wieder.«

Ich nicke und hocke mich neben ihn auf den Nestrand. »Sieht aus, als hättet ihr die Lage ohne uns ganz gut im Griff gehabt.«

»Selbstverständlich, was hast du denn gedacht? Und, habt ihr eine heiße Spur?« Balthasar faltet seine Zeitung zusammen.

»Wir wissen, dass das Baby mit einem gestohlenen Boot hierher entführt wurde, und kennen die Besitzer des Bootes.«

»Hm«, macht Balthasar, und mich ärgert, dass ihm das offenbar nicht genug an Ergebnis ist – noch mehr ärgert es mich aber, dass er damit recht hat.

Balthasar greift nach der Plastikflasche, die neben dem Baby im Nest liegt. Anstelle des Wassers befinden sich jetzt Steinchen und kleine Muscheln darin.

»Was soll das denn?«, frage ich.

»Abwarten.«

Das Baby nimmt die Flasche in beide Hände, fängt an, sie zu schütteln, und hört gar nicht mehr auf damit, so viel Spaß hat es dabei.

Balthasar schlägt die Beine übereinander und lehnt sich zurück. »Wattwurm-Greifen haben wir auch schon geübt. Oh, schau mal, jetzt dreht es sich auf den Bauch.«

Die Flasche fliegt im hohen Bogen aus dem Nest. Nachdem Balthasar sie geöffnet hat, füllt Frau Spatz Schnabel um Schnabel noch mehr Steinchen und Muscheln hinein.

»Ist das eigentlich alles, was ihr zu essen mitgebracht habt?«, fragt Balthasar und schaut mit hochgezogenen Stirnfedern zu Suzette hinüber, die gerade den letzten der sechs Fische verstaut.

»Bin ich von der Möwenfürsorge? Du hast selbst Federn am Flügel, besorg mehr, wenn es dir nicht reicht. Wir sind eine Möwenbande, und nur gemeinsam sind wir stark.«

»Genau, und wer hat sich die ganze Zeit um dein Baby hier gekümmert?«

»Das ist nicht *mein* Baby.«

»Aber dein Problem. Also wirst du wohl ein bisschen Fisch für mich übrig haben, ohne dass ich mir die Flügel dafür krummmachen muss. Außerdem habe ich die Lösung.«

»Bitte?«

»Wie du das Problem loswirst. Die Polizei wartet nur auf einen Hinweis. Hör mal zu. Steht hier in der Sonderausgabe drin.« Balthasar holt seine runde Brille unterm Flügel vor und spannt die Zeitung wieder auf.

Baby entführt!
Polizei bittet um Mithilfe

Westerland. Seit letzter Nacht hält eine ganze Insel den Atem an. Die Polizei muss sich mit der mutmaßlichen Entführung eines sechs Monate alten Babys beschäftigen. Während der Vater den Junggesellenabschied eines Freundes feierte und die Mutter allein mit ihrem Kind im Haus war, wurde das Baby aus seinem Bett im Kinderzimmer entführt.

Aufgrund der derzeit hohen sommerlichen Temperaturen habe die Mutter die Terrassentür offen stehen lassen, ließ ein Sprecher der Kriminalpolizei verlauten. Dadurch konnte sich der mutmaßliche Täter Zugang zu dem Reetdachhaus verschaffen, das in einer teuren Wohngegend auf einer Düne mit Meerblick steht.

Um ein Uhr in der Nacht habe die Mutter zuletzt nach ihrem Baby gesehen und sich anschließend selbst schlafen gelegt. Als ihr Ehemann gegen fünf Uhr morgens heimkehrte, bemerkten sie das Verschwinden ihres Kindes und alarmierten umgehend die Polizei.

Die Motive des Täters sind unklar, denn eine Lösegeldforderung ist bisher nicht eingegangen, und die Polizei bittet die Bevölkerung um Mithilfe: Wer in der betreffenden Zeit verdächtige Beobachtungen gemacht hat, die mit dem Verschwinden des Babys in Zusammenhang stehen könnten, möge sich bitte an die Kripo Westerland oder jede andere Polizeidienststelle wenden.

»Und jetzt?«, fragt Suzette, die vorsichtig ein wenig näher gekommen ist. »Wir können das Baby unmöglich dorthin transportieren.«

»Aber ein Beweisstück«, sagt Balthasar.

»Und welches?«, überlege ich laut.

»Den Schnulli!«, ruft Frau Spatz und pickt ihn aus dem Sand auf. Schon nach zwei Schritten kommt sie ins Wanken und fällt damit auf den Schnabel.

»Wo sind eigentlich die anderen? Noch auf ihren Posten?«, fragt Balthasar.

»Genau, wo bleibt mein Adalbert?«, piepst Frau Spatz.

»Grey hatte mit Suzette eine Auseinandersetzung und hat deshalb im Moment keinen Bock mehr auf die Truppe, und Harry ist mit Alki auf einer wichtigen Mission.«

»Aha«, sagt Balthasar, und Frau Spatz schaut ebenso wenig überzeugt an mir vorbei. »Eine wichtige Mission sieht irgendwie anders aus, finde ich«, ergänzt Balthasar. »Dreh dich mal um, Ahoi.«

Ich tue, wie mir geheißen, und sehe Harry und Alki, die auf uns zugeflogen kommen. Wobei, wenn ich ehrlich bin, fliegt nur Harry. Alki hängt bei ihm im Schnabel, und seine Flügelbewegungen sehen ziemlich … unkoordiniert aus.

ZEHN

»Oh je, oh je, was ist denn nur mit meinem Adalbert passiert?«, jammert Frau Spatz, als Harry völlig außer Atem ihren Mann neben ihr ablegt.

»Ganz ehrlich? Er hatte einen Rückfall. Einen schlimmen, wie es scheint. Das Bad im Hafenbecken und der Ausnüchterungsschlaf im Urwald haben überhaupt nicht geholfen. Ich weiß nicht, was ich noch tun soll, ich kann nicht mehr.«

Tatsächlich habe ich den starken Harry noch nie so erschöpft erlebt.

Frau Spatz reibt ihren Schnabel an Alkis Gefieder. »Lass gut sein, Harry. Ich kümmere mich um ihn.«

Ich bin erleichtert, dass Frau Spatz so reagiert. Denn eine Trennung würde unsere Sorgenmöwe erst recht abstürzen lassen. Wenn ich eine Chance für Alki sehe, dann nur durch Frau Spatz.

»Gut, dann bringen wir beide jetzt das Beweisstück zum Polizeirevier«, beschließe ich.

»Ohne mich«, entgegnet Harry. »Ich bin so was von flügellahm ... Nimm Balthasar mit. Der kann sich sogar mit den Menschen unterhalten.«

Ausgerechnet Balthasar. Und dass die Menschen ihn verstehen, halte ich nach wie vor für ein Märchen. Aber wenn ich nicht allein zur Polizei fliegen will, muss ich wohl in den sauren Hering beißen.

Ich nehme also den blauen Schnulli in den Schnabel, und wir fliegen los. Unterwegs überlege ich fieberhaft, wie ich der Polizei wohl klarmachen kann, dass das gesuchte Baby in meinem Nest liegt.

»Achtung, ein Blechvogel!«, ruft Balthasar über mir und reißt mich so aus meinen Gedanken.

Mist, ich bin in die Landebahn eines Riesenvogels geraten, das Triebwerk kommt genau auf mich zu.

Steilflug oder Sturzflug? Meine Flügel sind wie gelähmt. Beim heiligen Albatros, was mache ich denn jetzt? Wie konnte ich nur in diese Situation geraten? Jedem Küken wird gepredigt, nicht den direkten Weg nach Westerland zu fliegen, sondern den Umweg über die Tinnumer Wiesen zu nehmen. Aber ich wusste es ja mal wieder besser.

»Steilflug!«, kreischt Balthasar.

Ich mache den Hals lang, strecke meinen Körper und schlage ein paarmal mit den Flügeln, so kräftig ich nur kann. Dann presse ich sie fest an mich. Und mache die Augen zu.

Jeden Moment rechne ich mit der Kollision. Dass ich einmal so enden würde wie mein Vater, hätte ich nicht gedacht.

Mein Leben zieht an mir vorüber. In Bruchteilen von Sekunden erlebe ich noch einmal meine eigene Vergangenheit – wie ich auf Hallig Hooge bei meiner liebevollen Tante aufgewachsen bin, weil mich meine Mutter fast verhungern ließ, wie mein Bruder mich schließlich aus dem Familiennest geekelt hat, wie ich nach Sylt gekommen bin und dort meine große Liebe gefunden habe. Hatte.

Der Lärm wird unerträglich laut, und dann spüre ich den Aufprall. Nicht mal mehr von Suzette durfte ich mich verabschieden.

Eigentlich hätte ich gedacht, dass so ein Tod ganz schön wehtun muss. Aber wahrscheinlich ging es schnell genug. Es lastet nur ein unglaublicher Druck auf meinem Körper, und ein starker Wind will mir die Federn aus den Flügeln reißen.

Es kommt mir so vor, als ob eine Ewigkeit vergeht, dann ist es auf einmal still. Kein Lärm mehr, kein Wind. Jetzt bin ich im Möwenhimmel angekommen.

Vorsichtig mache ich ein Auge auf – und schaue in das vor Entsetzen starre Gesicht eines Menschen. Er trägt eine Uniform und sitzt auf einem Stuhl zwischen ganz vielen Knöpfen, Hebeln und Schaltern.

Na, so viel habe ich auf Erden auch wieder nicht angestellt, dass man mich mit so einem Gesicht empfangen müsste. Nur warum gibt es im Möwenhimmel Menschen, und warum stehe ich nicht vor dem heiligen Albatros? Irgendwie habe ich mir die Sache anders vorgestellt.

»Ahoi? Geht's dir gut?«

Das ist die Stimme von Balthasar. Hat ihn der Blechvogel etwa auch erwischt, und er sitzt jetzt hier mit mir im Himmel? Dann möchte ich bitte in die Hölle – wobei, wenn ich darüber nachdenke, kann ich auch im Himmel bleiben, das kommt auf dasselbe raus.

»Lebst du noch?«

Eine Scherzmuschel, dieser Balthasar. Ich drehe mich nach ihm um und rutsche dabei bäuchlings ein Stück tiefer.

»Ich glaube, Ahoi, du solltest möglichst schnell Luftraum gewinnen. Das Flugzeug ist gelandet, und der Mensch da hinter der Scheibe scheint nicht allzu gut auf dich zu sprechen zu sein.«

Erst jetzt erkenne ich, wo ich bin. Ausnahmsweise höre ich mal auf Balthasar, denn der Mensch hat sich aus seiner Starre gelöst und klettert zusammen mit seinem Nebensitzer aus dem kleinen Raum.

»Okay«, ächze ich. In meiner Brust spüre ich schmerzhaft jeden Atemzug, und mir tun sämtliche Federn weh. »Weg hier.«

»Aber wo ist der Schnulli?«

Ich klappe meinen Schnabel auf und wieder zu, doch ich beiße ins Leere.

★★★

Unverrichteter Dinge fliegen wir zurück zu meinem Nest.

Suzette hat schon sehnsüchtig nach mir Ausschau gehalten und merkt sofort, dass etwas nicht stimmt. »Hat die Polizei euch nicht verstanden?«, fragt sie leise.

Das Baby schläft. Harry und Baron Silver de Luft haben die Köpfe auf den Nestrand gelegt, sodass sie jede Bewegung des

Knubbelchens sofort mitbekommen. Der Helm unseres Scheffs ist neben den schlafenden Alki gerollt, in dessen Federn sich Frau Spatz eingekuschelt hat.

»Schlimmer. Wir waren gar nicht erst da, weil Ahoi den Schnulli unterwegs verloren hat«, antwortet Balthasar an meiner Stelle.

»Weil ich fast in das Triebwerk eines Blechvogels geraten wäre und beim Steilflug genau auf die Scheibe geknallt bin, hinter der die Piloten sitzen.«

»Ach du große Güte«, ruft Suzette und nimmt mich in die Federn. Sie ist ganz blass um den Schnabel geworden. »Ich sage es doch, die Menschen sind gefährlich. Himmel, was machen wir denn jetzt? Irgendwie muss das Baby zu seinen Eltern zurück.«

»Vielleicht hat Jonathan eine Idee, wie wir sie finden«, sage ich. »Der hat in den letzten Monaten schließlich ziemlich viel Welterfahrung gesammelt.«

»Wann wollte er denn vorbeikommen?«, fragt sie.

»Eigentlich jetzt. Die Sonne steht schon im Westen. Na ja, warten wir mal ab. Er hat bestimmt noch ein paar Leute von früher getroffen.«

Noch nehme ich Jonathans Verspätung auf die leichte Feder, obwohl ich schon ein komisches Gefühl habe.

Nachdem die Sonne untergegangen ist und Suzette mich ratlos anschaut, verspeisen wir den Fisch, den wir für Jonathans Besuch erbeutet hatten.

Dabei sickert mir etwas ins Bewusstsein, was ich nicht so ganz wahrhaben will: Jonathan war bei der Bank und könnte mit meinen Heringen durchgebrannt sein, ohne sich noch einmal zu verabschieden. Und wenn ich mich wirklich in ihm getäuscht habe, dann sehe ich weder ihn noch meine Heringe jemals wieder.

ELF

Am nächsten Morgen werde ich von einem Schmatzen wach. Frau Spatz und meine liebe Suzette füttern das Baby. Wie schön das anzusehen ist!

Zwar hält Suzette gebührenden Abstand, doch sie hat tatsächlich den Brei angerührt, den Frau Spatz nun – von Balthasar beaufsichtigt – verfüttert. In Windeseile springt sie zwischen der Schüssel und dem Baby hin und her, das jedes Mal quietschende Töne von sich gibt, wenn sie über seinen Körper hüpft.

Beim Anblick dieser Idylle ertappe ich mich bei dem Gedanken, dass es eigentlich ganz schön ist, dieses Knubbelchen in meinem Nest zu haben.

Auch Alki beobachtet ganz versonnen seine Frau Spatz. Es scheint ihm besser zu gehen, jedenfalls verspeist er gerade mit Genuss die zwei Matjesfilets, die gestern vom Abendessen übrig geblieben sind. Natürlich weiß er, dass er mit Frau Spatz niemals Kinder bekommen können wird, und darüber wird er eben manchmal etwas wehmütig.

Einzig die Laune von Harry scheint an diesem Morgen verbesserungswürdig zu sein. Mit finsterer Miene und auf dem Rücken verschränkten Flügeln läuft er am Strand hin und her und hat dabei schon eine Furche hinterlassen.

»Was ist los mit dir?«, rufe ich zu ihm rüber.

»Grey ist die ganze Nacht nicht nach Hause gekommen, ohne mir Bescheid zu geben.«

»Kein Wunder bei deiner Erziehung«, ruft Balthasar.

Ich werfe ihm einen strafenden Blick zu und hüpfe zu Harry. »Dein Sohn muss sich nur ein bisschen austoben, der wird schon merken, wie schwer es ist, bei einer anderen Bande Fuß zu fassen. Und wenn es ihm gelingt, dann ist das doch umso besser. Irgendwann muss er sich ein eigenes Leben aufbauen.«

»Aber doch noch nicht jetzt. Er wird schließlich erst in drei Monaten flügge.«

»Eben. Er ist fast fünf Jahre alt, er kommt schon klar.«

»Hoffentlich«, sagt Harry, doch es klingt wenig überzeugt. Seine finstere Miene ist einem sorgenvollen Blick in den Himmel gewichen. »Ich hätte ihm noch sagen müssen, dass er sich vor Blechvögeln in Acht nehmen und keine bereits geöffneten Miesmuscheln fressen soll. Und dass er niemals einem Kind etwas abjagen darf. Ich will nicht, dass er kriminell wird.«

Ich klopfe Harry mit dem Flügel auf die Schulter. »Das weiß er doch alles. Grey wird sich schon durchschlagen.«

»Besser, ich suche ihn und sage ihm das alles noch einmal ganz deutlich.«

»Harry …«, setze ich an, doch es ist schon zu spät. Er hat sich bereits in die Luft geschwungen.

»Wird ja auch Zeit, dass er sich mal um seinen Sohn kümmert«, lässt Balthasar verlauten, kaum dass ich zurück beim Nest bin.

»Balthasar, das ist allein Harrys Sache. Halt dich da raus. Ich hab nämlich noch Schnabelbinder von der Hochzeit übrig. So, und jetzt sollten wir uns langsam abflugbereit machen, damit wir rechtzeitig bei der Hochzeit von Ole und seiner Freundin in Westerland sind.«

»Was willst du denn da?«

»Mir den Bräutigam und vor allem seine Freunde genauer anschauen. Einer von ihnen hat ja den zweiten Bootsschlüssel.«

»An Hochzeiten habe ich keine gute Erinnerung, du verzeihst. Ich muss jetzt erst mal Brötchen holen und die Zeitung lesen, sonst fängt der Tag für mich nicht gut an. Ich komme später nach.« Und weg ist Balthasar.

Bleiben noch Suzette, Frau Spatz und Alki. Und meine restlichen Federn, die ich mir noch ausrupfen kann.

Suzette macht einen Schritt rückwärts. »Nein. Nicht in die Nähe von Menschen.«

»Bitte, Liebes.« Meinen Seitenblick auf Alki und Frau Spatz

muss sie doch verstehen. Die beiden sind mir keine große Hilfe, schon gar nicht Alki. Man muss ihn die ganze Zeit über im Auge behalten, ansonsten ist es wohl keine gute Idee, ihn in seinem instabilen Zustand auf eine Hochzeit mitzunehmen. Aber ich sehe an Suzettes Gesichtsausdruck, dass sie nicht überzeugt ist. Die letzte brutale Begegnung mit einem Menschen wirkt noch nach, und natürlich kann ich sie verstehen. Suzette läuft unentschlossen vor mir auf und ab. »Okay … wir sind ein Brutpaar und halten zusammen«, sagt sie schließlich widerstrebend. »Ich fliege mit – aber ich gehe nicht zwischen die Menschenbeine, einverstanden? Ich halte mich im Luftraum auf.«

Ich umarme sie. »Meine liebste Suzette! Mein tapferes Weibchen.«

»Hey, wo fliegt ihr denn hin?«, ruft uns unser Scheff Adee hinterher. »Ihr könnt mich doch hier nicht mit dem Baby allein lassen!«

***

Dieses Mal nehmen wir die sichere Einflugschneise über die Tinnumer Wiesen, wo Möwentaxis grasen und darauf warten, dass ein Auftrag sie mal aus ihrer langweiligen Warteschleife befreit.

Ich halte ja nichts von dieser Möglichkeit der Fortbewegung, ich fliege lieber selbst, aber vor einem Jahr blieb mir nichts anderes übrig, als meinen betrunkenen Scheff auf diese Weise nach Hörnum zu befördern. Es hat ewig gedauert, bis die Kuh endlich da war, und dann ist mir bei dem schwankenden Fahrstil auch noch übel geworden.

Wenigstens fliegt Alki wieder geradeaus. Frau Spatz sitzt auf seinem Rücken, weil sie sonst Mühe hat, mit uns mitzuhalten, und wir orientieren uns an den unübersehbaren Hochhäusern am Weststrand, wo jedes Möwenkind mit wildem Geschrei Sturz- und Steilflug übt.

Ich könnte Suzette mal wieder ins Möwenkino einladen, fällt mir da ein. Wir haben uns schon lange keinen schönen Film mehr von einem der Balkongeländer aus angesehen. Wenn das alles hier vorbei ist, wird es dafür höchste Zeit. Das Rathaus mit seinen beiden bauchig geformten Türmen kommt in Sichtweite. Wir landen auf dem Dach und verschaffen uns einen Überblick über den Vorplatz mit den Treppen und der kleinen Grünanlage, in der ein paar Bäume stehen. Ein paar Menschen in schicken Federn haben sich dort versammelt und warten mit Blick auf die Tür. Ein Raunen geht durch die Menge, als diese sich öffnet.

Ole und seine frisch Angetraute treten unter Applaus heraus. Ihr Bauch wölbt sich unübersehbar unter dem weißen Kleid. Sieht ziemlich schwer aus, die Kugel, die sie da mit sich herumschleppen muss.

Ich kann nicht verstehen, warum die Menschenfrauen ihre schweren Eier nicht einfach in einem Nest ablegen und gemeinsam mit dem Partner bebrüten.

Noch weniger allerdings kann ich verstehen, warum ein Mensch sein Baby in *meinem* Nest ablegt.

»Hey, ihr da, das ist unser Revier.« Neben uns landen vier Möwen, die so aussehen, als wäre mit ihnen nicht gut Muscheln essen. Ich hätte mir ja auch denken können, dass dieser Beobachtungsposten fest in der Hand einer anderen Möwenbande ist. Die Metropole ist ein schwieriges Pflaster, hier gibt es starke Konkurrenz und klare Grenzen.

Als wir uns nicht sofort rühren, weil ich zu perplex bin, um meiner Truppe den Befehl zum geordneten Rückzug zu erteilen, geht das Geschrei erst richtig los.

»Seid ihr taub? Macht euch vom Dach hier, sonst gibt es Ärger! Oder wollt ihr es auf einen Schnabelkampf ankommen lassen? Was seid ihr denn überhaupt für eine Bande? Er da sieht aus wie ein Saufschnabel, und das kleine Ding daneben ist ja nicht mal eine halbe Möwe. Gehört die Federkugel auch zu euch?«

Das hätte er nicht sagen sollen.

»Federkugel?«, schrillt es über den Platz, und dann geht Frau Spatz zum Angriff über. Sie ist so wendig und schnell, dass die Möwen gegen ihre Schnabelattacken kaum etwas ausrichten können. Wenn einer mit dem Flügel nach ihr schlägt, ist sie längst bei der anderen Möwe.

»Die ist ja verrückt geworden! Bloß weg hier«, ruft der Scheff der fremden Bande, und Frau Spatz ordnet sich mit vor Stolz geschwellter Brust das Gefieder, nachdem die vier Möwen das Weite gesucht haben.

»'tschuldigung, aber das musste sein. Nun lasst uns mal näher rangehen, damit wir hören, was geredet wird«, piepst sie aufgeregt.

»Suzette, du kannst ruhig hier oben bleiben, wenn du dich so sicherer fühlst«, sage ich.

Mit einem Seitenblick auf Frau Spatz beschließt Suzette: »Ich komme mit.«

Wir fliegen hinunter zu den Menschen, und ich bewundere Suzette ein weiteres Mal für ihren Mut.

»Hilfe«, kreischt sie gleich darauf, als wir über das Braut-paar hinweggleiten. Kleine Wurfgeschosse treffen uns wie ein Prasselregen. Was ist das denn? Autsch, aua. Das sind aber fiese Dinger.

Wir landen im Schutz eines Baumes und schauen uns zu den Menschen um. Suzette zittert an allen Federn.

Zum Spalier aufgestellt werfen die Menschen diese kleinen weißen Dinger, und das Brautpaar geht schreiend davor in Deckung. Komische Freunde haben die beiden – das hätte ich mir auf meiner Hochzeit ja nicht gefallen lassen.

Rund zwanzig Gratulanten haben sich versammelt, und während die Frischvermählten mit Händeschütteln und Um-armungen beschäftigt sind, wird der Sekt ausgeschenkt. Alki scheint sich davon nicht beeindrucken zu lassen, er hat nur Augen für seine Frau Spatz, von deren Heldenmut er schwer beeindruckt ist.

Jetzt tritt ein Mann vor, der mir bekannt vorkommt, zumindest vom Gesicht her.

»Sören, das ist aber nett, dass du vorbeigekommen bist. Besten Dank für deine guten Wünsche.«

»Leider habe ich dir etwas vorschnell versprochen, dass ich dein Boot bis morgen flottkriege. Scheint 'ne größere Sache zu sein. Vielleicht muss sogar ein komplett neuer Motor her.«

»Oh Gott, okay, das müssen wir besprechen. Du kommst doch zur Feier nach Hörnum?«

»Leider nein, drum bin ich hier. Wollte gern gratulieren, muss aber wieder zurück an die Arbeit. Es gibt noch ein paar Kunden, deren Reparaturen fertig werden müssen. Viel Spaß euch beiden.«

Es klirrt. Ein Aufschrei geht durch die Gäste, die um den Tisch herumstehen, auf dem die gefüllten Sektgläser aufgereiht sind. Aufgereiht *waren*. Jetzt liegt stattdessen Alki bäuchlings auf dem Tisch und Schnabel voran in einem umgefallenen Glas.

Das darf nicht wahr sein. Und das auch noch vor den Augen von Frau Spatz, die sofort zu ihm hüpft.

Die Menschen fangen nach dem ersten Schreck an zu lachen und zücken ihre Handys, um ein Foto zu schießen. Doch dann kippt die Stimmung unter den Gästen, die Stimmen werden lauter. Das hat aber gar nichts mit der Bruchlandung unseres Alkis zu tun.

Es ist ein weiterer Mann hinzugetreten, der keine extrafeine Kleidung trägt. Er steht vor dem Mechaniker Sören, der gerade gehen wollte, und zeigt mit dem Finger auf ihn.

»Für dich ist es doch kein Problem, ein Boot ohne Schlüssel zu starten«, behauptet er anklagend.

»Hallo, Peter, erst mal. Was willst du mir damit sagen? Dass ich deine und Oles Nussschale geklaut und den Motor zu Schrott gefahren habe? Dir hat ja wohl eine Möwe ins Hirn geschissen.«

Wie bitte? Sympathiepunkte sammeln geht anders, denke ich mir.

»Sei lieber vorsichtig, was du sagst. Du stehst mit einem Bein im Knast. Ich weiß doch, wie lange du dir schon vergeblich mit deiner Frau ein Kind wünschst.«

»Und nun soll ich deines entführt haben? Mit diesem Boot? Du bist ja völlig durchgeknallt, Peter. Schau dich mal um, jeder kann uns hören. Ich zeige dich an, wegen Verleumdung!«

»Ja, geh nur zur Polizei. Stell dich und sag ihnen, dass du der Erpresser bist. Glaubst du, ich werde dir auch nur einen Cent von diesen fünfzehntausend Euro Lösegeld zahlen, die du forderst?« Peter Lorenzen macht einen Schritt auf Sören zu und fasst ihn an der Gurgel. »Du sagst mir sofort, wo du Jonas hingebracht hast. Sofort, hörst du?«

Sören gibt einen gurgelnden Laut von sich.

»Weißt du eigentlich, was du meiner Frau und mir antust? Bini leidet Höllenqualen! Sie kann trotz starker Beruhigungsmittel nicht eine Sekunde schlafen.« Peter Lorenzen schreit, doch seine Stimme zittert. »Raus damit. Lebt Jonas noch? Wo ist er? Sag's mir, oder ich bring dich um!«

Jetzt greifen zwei Umstehende ein und trennen die beiden mit Mühe und Not voneinander. Keuchend stehen die Kontrahenten da.

Sören hebt demonstrativ die Faust. »Greif mich ja nicht noch mal an.«

»Willst du mir jetzt auch noch drohen? Was hast du mit meinem Baby gemacht? Wolltest deiner Frau ein Kind besorgen, ja? Und dich dann mit fünfzehntausend Euro aus dem Staub machen? Aber mit dem Bootsklau hast du dich verraten.«

»Ich habe mit diesem ganzen Scheiß überhaupt nichts zu tun.«

»*Scheiß* nennst du das?«

Krachend landet Peters Faust im Gesicht von Sören, der in die Knie geht und wie ein Sack umfällt.

Sofort sind drei, vier Leute bei Sören, die versuchen, ihm wieder auf die Beine zu helfen.

Peter Lorenzen läuft derweil wie von Sinnen zu seinem

Auto, das er ganz in der Nähe auf dem schmalen Parkstreifen vor der Bank geparkt hat, und fährt mit quietschenden Reifen los, Richtung Hörnum.

Was gäbe ich darum, ihm sein Baby in die Arme legen zu können. Ihm wenigstens zu sagen, dass sein Sohn lebt. Wie schrecklich muss diese Ungewissheit sein!

»Fünfzehntausend Heringe«, raunt Suzette ehrfürchtig. Je länger ich darüber nachdenke, desto merkwürdiger erscheint mir die geforderte Höhe.

»Das ist nicht viel, wenn man bedenkt, dass es um das Leben eines Babys geht. Der Entführer könnte doch viel mehr fordern.«

»Und er könnte jeden Moment bei unserem Nest auftauchen. Wenn er nun doch Geld gefordert hat, wird er doch darauf achten, dass das Kind weiterlebt.«

»Oder es ist ihm gleichgültig, ob das Baby versorgt ist. Hauptsache, er kassiert die Heringe. Wenn er so wenig fordert, will er vielleicht sichergehen, dass die Familie auch bezahlt. Aber das Allerwichtigste ist doch, dass wir soeben den Vater des Babys vor uns hatten. Ihm hinterher!«

Ich ziehe meine Liebste am Flügel, doch Suzette bleibt wie vom Gegenwind festgehalten stehen. Sie starrt mit versteinertem Gesichtsausdruck Sören an, der sich inzwischen aufgerappelt hat und sich die blutende Nase hält.

»Suzette, komm schon …« Ich schaue mich um. Auf Alki und Frau Spatz kann ich nicht zählen. Er hockt zusammengekauert auf der Steintreppe, die das Brautpaar vorhin heruntergekommen ist, und lässt sich von seiner Frau die Federn lesen. In den höchsten Tönen. Obwohl sie allen Grund dazu hat, kann er einem wirklich leidtun.

Als ich mich wieder Suzette zuwende, bewegt sie den Kopf zu einem Nein. »Ich fliege nirgendwo mehr hin. Weder diesem brutalen Menschen hinterher noch zurück in unser Nest. Ich bleibe hier in Westerland und miete mir ein Nest.«

»Aber Suzette. Es ist Hochsaison, da ist doch alles ausgebucht. Da verlangen die Geier selbst für eine Sandkuhle einhundert Heringe! Und ich lasse dich nicht allein unter freiem Himmel schlafen. Nicht auszudenken, was da alles passieren kann. Es muss nur ein Hund vorbeikommen ...«

»Gegen einen Vierbeiner kann ich mich zur Wehr setzen, und zwischen anderen Möwen fühle ich mich sicherer als in der Gegenwart von gewalttätigen Menschen. Ich passe schon auf mich auf. Flieg du dem Vater des Babys hinterher.«

Alles Schnabelstumpfreden hilft nicht. Und wenn ich diesem Peter Lorenzen nicht sofort auf der Südroute hinterherfliege, finde ich ihn nie mehr wieder. Mit Magengrummeln lasse ich Suzette zurück.

ZWÖLF

Der Wind hat gedreht. Heute Vormittag kam er noch federnfreundlich aus West, jetzt ist Sturmfrisur aus Ostrichtung angesagt. Der starke Seitenwind macht mal wieder alles Federlegen bei der Morgentoilette zunichte.

Schwarze Wolken ziehen vom Festland herüber – und ich weiß genau, in spätestens einer Stunde werde ich schreiend irgendwo rumsitzen. Warum? In meinem Alter vertrage ich diese Wetterumschwünge einfach nicht mehr so gut. Bei Ostwind bekomme ich immer Migräne.

Ich überfliege das Südwäldchen und behalte die Straße im Blick, die hinter dem Westerländer Campingplatz einen Bogen macht. Da vorne sehe ich das schwarze, bullige Auto – was für ein Glück.

Will dieser Peter Lorenzen mit mir ein Wettrennen veranstalten, oder was? Bei dem Tempo muss ich mich ganz schön anstrengen. Aber ich hieße nicht Ahoi, wenn ich nicht mithalten könnte, trotz des starken Windes, der mir den Atem aus den Lungen drückt.

Ich hole tief Luft – was ich besser nicht getan hätte. Ich bekomme Gerüche in den Schnabel, schlimmer als fauliger Fisch. Mir wird so übel davon, dass ich ins Trudeln gerate und sogar an eine Notlandung denke.

Wie gedankenlos von mir. Es ist eine ganz schlechte Idee, bei Ostwind tief Luft zu holen, wenn man gerade das Gebiet zwischen Westerland und Rantum überfliegt, wo die Menschen jenseits der Straße ihren Unrat deponieren.

Mir tun die Möwen leid, die sich dort ihre Nahrung suchen müssen. Es gibt ganze Heerscharen von kranken und bedürftigen Artgenossen, die einfach keinen Platz in einer Bande finden und sich auf dieser Deponie der Möwenhilfe ihren täglich Fisch abholen müssen.

Hoffentlich ende ich mal nicht so. Ich denke an die ausstehenden Rechnungen und die wenigen Heringe auf meinem Bankkonto und muss schlucken. Niemals hätte ich es für möglich gehalten, dass ich eines Tages in eine derartige Bedrängnis geraten könnte. Ich habe es immer verstanden, ohne viele Heringe auszukommen. Nach dem Tod meiner Eltern hatte ich durch die Erbschaft dann genug in Reserve – einen Vorteil muss es ja haben, wenn sich der Bruder das Familiennest auf Hallig Hooge unter die Schwimmhaut gerissen und mich dank seiner Heringsfabrik ausgezahlt hat.

Nur ist dieser sichere Grundstock inzwischen weggeschwommen – nicht einfach so dahingeflossen, schließlich habe ich ein wunderschönes Nest für meine Suzette und mich gebaut und eine große Hochzeit ausgerichtet, das hat nicht gerade wenig gekostet. Ich hätte Jonathan doch nicht so viel leihen dürfen.

Warum biegt dieser Peter Lorenzen denn nun am Rantumer Campingplatz ab?

Er stellt sich auf den Parkplatz vor dem Restaurant, auf dessen begrüntem Dach Schafe stehen. Ich glaub, ich werd verrückt, wie kommen die denn da hoch?

Das muss ich die Wollknäule gleich mal fragen, aber erst gilt es zu beobachten, was der Vater unseres Babys hier macht.

Huch, aber das ist ja gar nicht Peter Lorenzen, der eben noch am Rathaus war. Dieser Mann ist nur halb so groß und doppelt so breit.

Schiet, ich habe das falsche Auto verfolgt! Und jetzt? Plan B – oder sind wir schon bei Plan F?

»Hey!«, rufe ich und setze mich zu den Schafen aufs Dach. Zwei Ziegen stehen auch noch herum. »Habt ihr so ein schwarzes Auto wie das auf dem Parkplatz schon etwas früher vorbeifahren sehen?«

Die Vierbeiner grasen einfach weiter.

»Seid ihr taub?«

Die ignorieren mich, solche Sturköpfe.

Ich picke gegen das Schaf, das mir am nächsten steht und sich dadurch überhaupt nicht aus der Ruhe bringen lässt. Jetzt fallen mir erst die weißen Schweine mit ihren schneeweißen Ferkeln hinter den Schafen auf.

»Na, dann eben nicht. War nett, euch kennengelernt zu haben. Vielleicht seid ihr ja an einem anderen Tag gesprächiger.«

Als ich zur Straße zurückfliege, kommt genau in diesem Moment wieder so ein schwarzes Auto vorbei, aber das fährt in Richtung Westerland. Und Peter Lorenzen ist das nicht, den Fahrer habe ich in meinem Leben noch nicht gesehen. Wie viele von diesen Riesendingern sind denn eigentlich auf der Insel unterwegs?

Da nähert sich noch eines, das allerdings fährt nach Hörnum. Schon besser. Und hinter der Scheibe erkenne ich deutlich Peter Lorenzen. Nichts wie hinterher! Mein Glück hat mich doch nicht verlassen. Ich bin nur schneller geflogen, als er fahren konnte.

Auf der schnurgeraden Straße in den Inselsüden kann ich ihn nicht mehr aus den Augen verlieren. Zu beiden Seiten des schmalen Dünengebietes sehe ich das Meer. Links das Wattenmeer, wo gerade Flut herrscht und das Wasser an den schmalen Strand plätschert. Genauso ruhig sieht das Meer heute auch auf der Nordseeseite aus. Für diesen ungewöhnlichen Anblick ist der Ostwind verantwortlich. Im Westwind würden dort die Wellen toben.

Wumm. Mein Anblick dürfte jetzt auch ziemlich ungewöhnlich sein.

Ich stecke in den engen Streben eines hohen Masts fest, der mit Drahtseilen abgespannt ist. In den sechzehn Jahren meiner Flugkarriere habe ich noch nie gehört, dass eine Möwe so blöd war, sich in dieser Stahlkonstruktion zu verfangen.

Aber einer muss ja den Anfang machen.

Meine Lage ist etwas unbequem, sagen wir es mal so. Ich kann die Flügel nicht bewegen. Kein Vor und kein Zurück.

Der Höhenmesser in meiner Schwanzfeder zeigt fünfundneunzig Meter an, noch mal so weit ist es bis zur Mastspitze. Keine Ahnung, warum die Menschen überhaupt dieses Ding mitten in die Dünenlandschaft zwischen Rantum und Hörnum gestellt haben. Wahrscheinlich, um Möwen wie mich zu ärgern.

Balthasar hat mal erzählt, das sei eine in Deutschland einmalige Konstruktion mit solchen ... wie heißt das? Wellenfunken? Ich sehe weder Wellen noch Funken, mich selbst allerdings sehe ich in kurzer Zeit als Grillhähnchen enden, wenn ich nicht schneller von dem Mast los bin, als das Gewitter hier ist.

Inzwischen prasselt Regen auf mich ein, Blitz und Donnerhall kommen näher, und das Auto entfernt sich weiter und weiter. Hoffentlich ist das Unwetter in Braderup nicht so schlimm. Wenigstens liegt mein Nest so geschützt im Schilf, dass das Baby vermutlich nicht allzu nass werden wird.

Es kracht, und dann ... Waaaah, mein Hintern brennt, er brennt! Der Schmerz mobilisiert meine letzten Kräfte, und ich kann mich aus meinem Gefängnis befreien.

Mit zwei Flügelschlägen bin ich am Wattenmeer und springe Hintern voran hinein.

Das war eine Arschbombe, yeah! Wie mein Hinterteil jetzt aussieht, will ich allerdings nicht wissen.

Mir ist ziemlich schwindelig, als ich versuche, das Auto einzuholen. Mein Höhenmesser spielt verrückt, der muss einen ziemlichen Löschwasserschaden abbekommen haben.

Die Straße kommt auf mich zu, ich muss höher steigen, höher. Doch nichts hilft, das Höhenruder spinnt. Ich mache das Kinn lang, damit ich nicht auf dem nassen Asphalt aufschlage.

Gerade so kriege ich noch die Kurve. In die Düne, und da stecke ich jetzt mit dem Schnabel fest. Ich befreie mich fluchend und spucke Sand aus. Zu allem Überfluss fangen jetzt auch die Kopfschmerzen an. Was habe ich dem heiligen Albatros nur angetan?

Nur unter Zusammennahme all meiner Kräfte schaffe

ich es schlussendlich bis Hörnum, ich weiß nicht, wie. Die Achterbahnfahrt, die ich mal bei einem Ausflug aufs Festland mitgemacht habe, ist eine Kinderrutsche dagegen. Und dennoch, am Ortseingang habe ich Peter Lorenzen eingeholt. Die Scheibenwischer seines Autos drehen fast durch, um bei dem Platzregen halbwegs klare Sicht zu schaffen, und ich wünschte, es gäbe solche Teile auch für Möwenaugen. Durchhalten, gleich weiß ich, wo unser Knubbelchen zu Hause ist, und dann wird alles gut.

In den Häusern im Norden wohnt er schon mal nicht. Das Auto fährt weiter. Es hat den Anschein, als wäre der Ort schon wieder zu Ende, nur der Leuchtturm bleibt im Blick, doch nach dem Dünengebiet tauchen die nächsten Gebäude von Hörnum auf. Unter anderem auch die Reetdachsiedlung mit Meerblick oben auf der Düne. Mich durchrieselt ein Schauer. Das könnte es sein, denn so war die Lage des Elternhauses im Zeitungsartikel beschrieben – wobei ich dabei zuerst an Kampen gedacht hatte.

Allerdings biegt Peter Lorenzen in der Ortsmitte am großen Geschäft für Beute allerlei Art nicht nach links ab, sondern fährt weiter Richtung Hafen. Viele Möglichkeiten gibt es auf dieser Route nicht mehr, wo die Eltern wohnen könnten.

Für mich wird es jetzt dringend Zeit, dass dieser Flug ein Ende nimmt. Ich weiß jedenfalls nicht, was mir mehr Übelkeit verursacht – mein defektes Höhenruder oder meine Kopfschmerzen. Wenigstens lässt der Regen nach. Es tröpfelt nur noch.

Endlich, direkt an der Promenade, hält das Auto auf dem großen Parkplatz an. Aber das ist ja gar nicht Peter Lorenzen, der da aussteigt. Ja verflucht, kann das denn wahr sein? Das ist doch jetzt ein falscher Film. Der hier ist viel jünger und trägt eine Jacke und keinen Mantel.

Verdammt, Peter Lorenzen ist ganz sicher Richtung Süden gefahren, aber am Ortseingang von Hörnum hab ich's vermasselt und bin ein zweites Mal dem falschen Auto gefolgt.

Fassungslos lande ich auf dem Dach des Crêpes-Standes, dem ehemaligen Zuhause unserer Bande. Jetzt ist daraus die Sushi-Bude geworden, aber nicht mal die hat bei dem Wetter heute offen.

Und was mache ich jetzt? Schieße ich mich auf oder hänge ich mich tot? Den gesamten Ort nach einem weiteren schwarzen Auto absuchen? Noch mal so dämlich sein?

Erst einmal muss ich meinen Höhenmesser reparieren lassen, sonst hat das alles keinen Wert.

Missmutig fliege ich hinunter an den Strand und stapfe am Flutsaum entlang. Wo sind denn die nächsten Krebsniker, die mir das machen könnten?

Da vorne hocken gleich sieben oder acht Krebse im Kreis – manchmal muss eine Möwe wie ich doch auch Glück haben.

Die Kollegen erschrecken bei meinem Anblick und stellen die Scheren auf, aber dann erkennen sie mich als Ahoi und wissen, dass ich zu blöd bin, einen Krebs zu erbeuten, selbst wenn er nur eine Flügellänge entfernt von mir sitzt.

»'tschuldigung, kann mir bitte einer von euch meinen Höhenmesser reparieren? Der spinnt nach einem Blitzschlag.«

»Jetzt? Siehst du nicht, dass wir gerade Gesprächskreis haben?«

»Bitte was? Gesprächskreis?«

»Ja, du störst unsere Therapiesitzung. Außerdem ist dein Höhenmesser nicht mehr zu retten, da musst du erst mal eine neue Feder besorgen, die wir dir anzwicken können. – Also, Kriemhilde, wie hast du dich gefühlt, als du heute von dem Kind mit dem Kescher gefangen wurdest und zwei Stunden in dem roten Eimer verbracht hast?«

DREIZEHN

Als ich zurückfliege, habe ich an meinem verkohlten Hinterteil eine nagelneue Höhenmesserfeder, nur was nutzen mir perfekte Flugeigenschaften, wenn meine Suche nach dem Auto und Peter Lorenzen ergebnislos geblieben ist?

Ich bin jeden Straßenzug mehrfach abgeflogen, habe mich auf den Leuchtturm gesetzt und Ausschau gehalten, einmal sogar voller Freude ein solches Gefährt in der Straße bei der Kirche entdeckt, deren weißer Turm in der Form eines Segels auf der Düne steht.

Nur war durch das Fenster des Hauses, vor dem der Wagen stand, ein anderer Mann als Peter Lorenzen zu sehen gewesen. Auch auf der Hochzeitsfeier von Ole und seiner Frau ist er nicht aufgetaucht. Lange habe ich vor den großen Fenstern des Restaurants Strönholt gesessen und abgewartet.

Ich will übrigens nicht wissen, was diese Hochzeitsfeier kostet, aber so viel zu essen habe ich noch nie auf einmal gesehen. Da war mein Fest ja ein Klacks dagegen.

Bei denen wird die Hochzeitsnacht sicher anders verlaufen, und die Frau kann bald ihr großes Ei ablegen und das Baby ausbrüten.

Wenn Suzette und ich das nur auch könnten. Kaum ein paar Stunden von ihr getrennt, halte ich es nur schwer ohne sie aus. Bevor ich zu meinem Nest zurückfliege, muss ich sie unbedingt sehen und herausfinden, wie es ihr geht.

Mir ist klar, dass ich sie nicht zur Rückkehr bewegen kann, dazu sind ihre Ängste zu groß, aber ich muss wissen, ob sie ein vernünftiges Mietnest für die Nacht gefunden hat. Und wenn nicht, bleibe ich bei ihr. Ich kann auf keinen Fall zulassen, dass ihr etwas passiert. Die anderen werden schon mit dem Knubbelchen klarkommen.

Am Westerländer Bahnhof frage ich bei der Nestvermittlung, ob ein Möwenweibchen hier kürzlich gebucht hat. Die Schnepfe schlägt die Flügel über dem Kopf zusammen.

»Haben Sie auch nur einen blassen Schimmer, wie viele Möwen heute schon hier waren? Keine Ahnung, ob da eine Dame dabei war, der ich eine Unterkunft vermittelt habe. Es ist jedenfalls kaum noch was frei. Ich habe ein Etagennest im vierzehnten Stock auf einem unbenutzten Balkon und eines auf dem Hotel Miramar, beste Lage mit Meerblick und Beute à la Carte für sechshundert Heringe die Nacht. Wollen Sie das buchen?«

»Ähm, nein, danke.« Und Suzette hat sich bestimmt auch nicht für so ein Angebot entschieden. Hoffentlich.

»Dann kann ich Ihnen auch nicht weiterhelfen«, sagt die Schnepfe und steckt ihren langen Schnabel in irgendwelche Papiere.

Boah, warum hat man es an öffentlichen Stellen so oft mit Schnepfen zu tun? Warum sitzen da nicht mal nette Vögel?

»Aber vielleicht können Sie mir sagen, ob ein Weibchen bei Ihnen war mit runder, anmutiger Kopfform, zartem Schnabel und wunderschönen hellgelben Augen«, versuche ich es noch mal besonders freundlich.

»Was glauben Sie, wie viele solche Weibchen es gibt?«

Ich spüre, wie der Ärger in mir hochsteigt. »Na, genau eines. Keine andere ist so wie meine Suzette!«

»Suzette? Eine Möwe dieses Namens war hier. Sie wollte das Etagennest nehmen und hat mich zehnmal gefragt, ob auch wirklich keine Menschen in der Wohnung sind, was ich ihr für die Dauer ihres Aufenthalts natürlich nicht garantieren konnte, sonst wäre das Nest ja nicht so günstig. Sie hatte mir schon eine Feder mit ihren Personalien gegeben, als ein Großvermieter angeflogen kam, der eine Unterkunft in seinem Nestel in Kampen kurzfristig als frei melden wollte, und mit ihm ist sie dann mitgeflogen.«

»Ein Großvermieter aus Kampen?« Mir schwant Böses.

»Ja, Herr Mogulis, falls Sie ihn kennen. Das Nest liegt geschützt in bester Schilflage am Fennenweg. Er will nur hundert Heringe dafür, das ist ein unschlagbarer Preis.«

Mein Erzrivale will nicht nur hundert Heringe haben, der will viel mehr, denke ich und fliege ohne Abschiedsgruß im Schusstempo nach Kampen. Auf der schnurgeraden Route kann ich richtig Flügel geben.

Und zack, bin ich ins Radar eines Kormorans geraten.

Oh Mann, die sind schlimmer als die Geier. Der schwarze Riesenvogel hatte sich unauffällig auf dem schwarz-weißen Kampener Leuchtturm postiert, und jetzt ist er mit drei Flügelschlägen neben mir.

»Na, wenn Sie das mal nicht Ihre Fluglizenz kostet. Wie kann man nur so rasant unterwegs sein? Steuern Sie bitte den nächsten Landeplatz dort vorne an, damit ich Ihre Personalien aufnehmen kann.«

Ausgerechnet. Mitten im Brutvogelgebiet lande ich auf dem schmalen Weg, der sich hinter dem Schilf am Watt entlangschlängelt. Unter den Augen zahlreicher schaulustiger Vögel rupfe ich mir eine Ausweisfeder aus und übergebe sie dem Kormoran, der sie mit wichtiger Geste prüft.

»Gibt es Schwierigkeiten mit der Komozei?«, fragt eine wohlbekannte Stimme hinter mir.

Mogulis.

»Das ist meine Sache«, beeile ich mich zu sagen. »Ich bin nur ein bisschen zu schnell geflogen.«

»Ein bisschen sehr schnell – der Herr wird in Flensburg Federn lassen müssen, wenn nicht sogar seine Fluglizenz«, erklärt der Kormoran.

»Oh, aber werter Herr Kormoran, wenn Sie da vielleicht ausnahmsweise ein Auge zudrücken könnten? Das ist nämlich allein meine Schuld. Ich hatte Ahoi rufen lassen, weil es in meinem Mietnest gerade zu einer spontanen Eiablage bei seinem Weibchen gekommen ist, und dabei gab es Komplikationen. Sie wissen doch bestimmt, wie das ist, wenn man Vater wird, da fliegt man schon mal ein bisschen kopflos.«

Ich starre Mogulis mit offenem Schnabel an. Erstens, weil er für mich Partei ergreift, und zweitens, weil ich kaum glauben kann, was ich da gerade gehört habe. Diese Möwe lügt, ohne mit der Feder zu zucken. Nur warum? »Verzeihung, verehrter Herr Mogulis, das konnte ich natürlich nicht ahnen. Da will ich mal nicht so sein. Alles Gute für die werdende Mutter und Ihnen beiden noch einen schönen Tag.« Der Kormoran gibt mir meine Feder mit den Personalien zurück, legt den Flügel zum Gruß an die Stirn und macht sich auf den Rückflug zu seinem Posten.

Mogulis lächelt mich selbstgefällig an. »Na, war ich gut? Ohne mich wärest du jetzt deine Fluglizenz los.«

»Danke«, presse ich mit zusammengekniffenem Schnabel hervor und stecke mir meine Ausweisfeder zurück unter den Flügel. »Wenn Sie mir dann bitte noch das Nest zeigen würden, in dem Suzette untergekommen ist? Ich möchte gern vom Mietvertrag zurücktreten. Und ich kann mich nicht erinnern, Ihnen das Du angeboten zu haben.«

»Kommen Sie bitte, hier entlang.« Er schiebt ein paar Schilfhalme beiseite, und nach einigen Schritten auf dem ausgetretenen Pfad sehe ich das Nest von Suzette zwischen vielen anderen, die ebenfalls alle besetzt sind.

Eine ziemlich ausgesuchte Lage hat sein Nestel, das muss ich Mogulis zugestehen, von der Lage her so perfekt ausgesucht wie meines, nur einen Ort weiter. Doch mein Nest ist im Gegensatz zu seiner Großanlage hier weit und breit das einzige im Braderuper Watt. Dort findet man die absolute Stille – wenn nicht gerade ein Baby schreit.

»Ahoi!«, ruft Suzette, als sie mich sieht. »Wie hast du mich gefunden?« Sie sitzt in einer zugegeben ziemlich komfortablen Unterkunft mit Polsterung und bester Isolierung gegen Grundnässe.

»*Ich* habe *ihn* gefunden«, brüstet sich Mogulis, »und ihn vor dem Verlust seiner Fluglizenz bewahrt.«

»Ist das wahr?«, fragt Suzette. »Ach Ahoi, warum musst du

denn immer so schnell fliegen, du weißt doch genau, dass ich deswegen Angst um dich habe.«

»Ich wollte zu dir … und dich nach Hause holen.«

»Ist das Baby weg?«, fragt Suzette mit einem Hoffnungsschimmer in den Augen.

»Ähm, ja.« Ich weiß, das ist glatt gelogen, aber wenn ich sie damit von Mogulis wegholen kann, geht das hoffentlich als Notlüge durch.

Der runzelt die Stirnfedern. »Ein Baby? Meint ihr ein Küken? Suzette hat ihre Eier doch gerade erst abgelegt.«

»Du hast wirklich …« Mir bleibt der Schnabel offen stehen, und ich bin ganz gerührt. Es hätte doch noch gar nicht so weit sein dürfen.

»Ja, sie kamen etwas zu früh, wahrscheinlich durch den vielen Stress, kaum dass ich hier im Nest angekommen war. Ich bin noch ziemlich erschöpft. Es war eine schwierige Eiablage, und ich hatte große Schmerzen, aber Mogulis hat mir den Flügel gehalten, bis ich alle fünf Eier gelegt hatte.«

Täusche ich mich, oder schaut sie diesen hinterhältigen Weibchenversteher Mogulis leicht verliebt an?

Mit einem Mal realisiere ich, was sie da gerade gesagt hat. Ich hatte an zwei oder drei Küken gedacht, vier wären schon eine große Überraschung gewesen, aber …

»*Fünf* Eier?«, frage ich und kann das Entsetzen in meiner Stimme leider nicht gänzlich verbergen.

Suzette rappelt sich auf und zeigt mir voller Mutterstolz die Ablage, doch ihr Blick ist etwas traurig, weil sie merkt, dass ich mich mit dieser Nachricht doch leicht überfordert fühle. »Sie kamen alle kurz hintereinander, nicht wie sonst im Abstand von ein bis zwei Tagen. Aber sieh nur, sie sind alle heil …«

Das Gelege passt kaum in das Nest, wie auch, selbst Mogulis' Bauten sind für eine solche Menge gar nicht ausgelegt. Aber wunderschön sind sie. Alle fünf leicht unterschiedlich gefärbt, von steingrau über gelbbraun bis gelbgrau, alle mit dunkelbraunen Flecken, die stellenweise in zarte Schnörkel, Häkchen und Wurmlinien übergehen.

Mir treten Tränen in die Augen, und gleichzeitig wird mir schwindlig bei dem Gedanken, was das alles kosten wird. Wie, um alles in der Welt, soll ich fünf Küken ernähren? Und schlimmer noch, wie sollen wir die Eier in mein Nest transportieren? Denn ich lasse meine Liebste keinen Monat lang mehr in der Nähe von diesem Mogulis.

Suzette dreht sich, wendet ziemlich umständlich die Eier und setzt sich unter schaukelnden und leicht stoßenden Bewegungen auf das Gelege, nimmt in typischer Verlegenheitsbewegung einen Halm auf und legt ihn wieder hin.

»Wir bringen die Eier morgen in unser Nest, in Ordnung? Da hast du es bequemer und ruhiger.«

Bis morgen ist das menschliche Windelding bei seinen Eltern, und wenn ich dafür Himmel und Hölle in Bewegung setzen muss, das schwöre ich mir.

»Das kommt gar nicht in Frage«, protestiert Suzette, »das ist viel zu gefährlich.«

»Wir können die Eier in den Schnabel nehmen, das ist doch kein Problem. Denk an die Möwen, die ihre Eier wie ein Kuckuck ins Nest eines Austernfischers legen, weil sie selbst zu faul zum Brüten sind.«

»Na und, ich bin aber nicht zu faul, und mich bringen hier keine zehn Kormorane weg. Stell dir nur vor, dir würde ein Ei im Schnabel zerbrechen oder auf dem Flug herunterfallen. Niemals gehe ich dieses Risiko ein! Ende der Diskussion. Und wenn du damit nicht einverstanden bist, brüte ich unsere Küken auch allein aus, kein Problem. Das halte ich schon durch.«

»Und ich bin ja auch noch da«, lässt sich Mogulis vernehmen. »Ich lasse das Essen bringen, nur vom Feinsten aus dem Gogärtchen oder dem Pony in Kampen, und stelle eine meiner Mitarbeiterinnen als Eiersitterin ab, sodass Suzette sich ablösen lassen kann, wenn sie das Bedürfnis hat, sich die Füße zu vertreten oder die Flügel zu entspannen.«

Ich möchte schreien über seine vordergründige Freundlichkeit, die nur dazu dient, mir Suzette auszuspannen. »Suzette …«, beginne ich einen letzten Einwand und werde dabei etwas leiser. »Das kostet uns hier einhundert Heringe am Tag – die sollten wir lieber für unsere fünf Küken sparen.« Mogulis hat mich dennoch gehört. »Wenn die Miete das Problem ist«, er öffnet seine Flügel zu einer großspurigen Geste, als wolle er meine Liebste gleich umarmen, »die erlasse ich Ihnen gern. Man soll mir nicht nachsagen können, ich wäre eine futtergeile Möwe, das habe ich gar nicht nötig.«

»Hörst du?« Suzette wirft Mogulis einen dankbaren Blick zu.

Der tut das Ganze mit einem gönnerhaften Flügelzucken ab. »Das ist doch selbstverständlich«, sagt er und fügt an mich gewandt hinzu: »Und du hast also noch ein Küken mit einer anderen, oder wie muss ich Suzettes Bemerkung vorhin verstehen? Nimmst du eure Dauerbrutpartnerschaft doch nicht so ernst?«

»Ich habe kein Balzverhältnis! Ich habe ein menschliches Baby in meinem Nest«, rufe ich, jetzt leicht aggressiv. Dieser Typ mit seiner aalglatten Frisur und den schwarz gefärbten Federspitzen schafft es doch immer wieder, mich zu provozieren.

Zuerst schaut mich Mogulis an, als stünde unerwartet ein Mensch vor ihm, dann fängt er schallend an zu kreischen. Er klopft sich vor Lachen mit den Flügeln auf die Schenkel und kriegt sich kaum ein, bis er keine Luft mehr bekommt. »Das kann auch nur dir passieren, Ahoi«, japst er.

Mir reicht's. Ich gehe auf meinen Rivalen los, und dieses Mal wird er mir unterlegen sein. Keiner seiner Bodyguards ist in der Nähe.

Mit einem Satz springe ich auf seinen Rücken. Er ist völlig überrumpelt, versucht, sein Genick gegen die Angriffe meines Schnabels zu schützen, und schlägt mit den Flügeln nach mir, dass es nur so klatscht.

»Ahoi!«, kreischt Suzette. »Pass auf!«

Mogulis wirft mich ab, ich lande auf dem Rücken, rapple mich sofort wieder hoch und baue mich vor ihm auf, mit steil nach oben gerichtetem Hals und zu Boden zeigendem Schnabel biete ich ihm die Stirn und stelle die Flügelbuge nach außen, um meine Drohgebärde zu unterstreichen.

Er wird zu meinem Spiegelbild, als ich gemessenen Schrittes auf ihn zugehe. Mit wildem Blick rupft er ein paar imaginäre Halme aus und schleudert sie von sich. Wen er wohl mit dieser Showkampfgeste beeindrucken will?

Wir bewegen uns im Kreis umeinander herum, und wieder bin ich mit dem Angriff schneller. Wir verbeißen uns ineinander, und ich halte seinen Oberschnabel fest, bis ich von ihm einen linken Unterschnabelhaken versetzt bekomme und abrutsche. Als er das nächste Mal ausholt, verbeiße ich mich in seiner Flügelkante, bis er schreit.

Was ich allerdings nicht verstehe, ist, wie er mir aus dieser Position einen Tritt in den Hintern versetzen kann? Aua, das schmerzt doppelt durch meine Brandwunde. Der soll mir bloß nicht meinen neuen Höhenmesser ruinieren.

Der Feigling hat Unterstützung bekommen. Ruckartig werfe ich mich herum. Mit einer zweiten Möwe werde ich auch noch fertig.

Upps, aber nicht mit fünfzehn von Mogulis' Bodyguards, die sich in einem sauberen Halbkreis um uns aufgebaut haben. Alle tragen schwarze Kopfmasken über ihrem reinweißen Gefieder.

»Oh, schönen guten Tag, Jungs. Nett, euch mal wiederzusehen. Dürfte ungefähr ein Jahr her sein.«

Gesprächig sind die Typen immer noch nicht, und als sie geschlossen zwei Schritte auf mich zumachen, wird mir klar, ich sollte so langsam Reißaauuuuu...

VIERZEHN

»Wie siehst du denn aus? Bist du schon wieder in ein Triebwerk geraten?«, fragt mich Balthasar, als ich bei meinem Nest lande.

»Schlimmer«, sage ich und stammle etwas von Blitzschlag, Eltern nicht gefunden und Suzette im Nest von Mogulis mit fünf Küken.

Balthasar setzt eine nachdenkliche Miene auf und kratzt sich am Kinn. »Ich versteh kein Wort, aber das hört sich nicht gut an.«

»Das ist eine Katastrophe!«, schreie ich.

»Psst, nicht das Baby aufwecken«, piepst Frau Spatz. Im Schilf hat das Kleine von dem Wolkenbruch am Mittag wenig abbekommen, allerdings schaut unser Scheff Adee ziemlich begossen drein, weil er wohl zusätzlich versucht hat, das Nest mit aufgespannten Flügeln gegen den Regen abzuschirmen.

Offenkundig hat Frau Spatz es irgendwie geschafft, mit Alki hierherzufliegen, auch wenn das der Beule an Alkis Stirn nach zu urteilen nicht gänzlich ohne Bruchlandung vonstattengegangen sein kann.

Aber immerhin steht er auf seinen Füßen. Er schaut mich mit etwas wässrigem Blick an und fragt sich wohl, ob ich nach meiner wirren Erzählung vielleicht nicht mehr alle Federn am Flügel habe.

»Das Baby ist ja genau mein Problem«, rufe ich. »Mogulis wird Suzette umschnäbeln, wie er nur kann, und wenn ich sie nicht bald mitsamt dem Gelege in unser Nest holen kann, kommt sie vielleicht gar nicht mehr zurück. Für ihn ist es keine große Sache, die erforderlichen Heringe für die Aufzucht von fünf Küken aufzubringen. Suzette ist zwar kein Weibchen, das nur auf die Heringe schaut, aber wenn es um das Aufwachsen der Küken in gesicherten Verhältnissen geht, könnte sie doch noch schwach werden, und ich hätte sie verloren. Ich darf gar nicht daran denken ...«

»Der arme Ahoi, der arme, arme Ahoi und seine Probleme«, bricht es aus Harry heraus. »Du bist aber nicht der Einzige, der hier was zu verkraften hat. Schau dir Alki mit seinem Rückfall an, schau dir unseren Scheff Adee an, der sich halb blind um das Baby kümmert, und schau dir mich an, der seinen Sohn sucht und nicht findet. Du bist zwar unser Scheff, aber in meiner Eigenschaft als Fieze sag ich dir jetzt mal was: Es zählt nicht immer nur du, du, du. Wir reißen uns hier alle für dich und das Baby die Federn raus, aber wir haben auch noch unser Leben, und uns hilft niemand!«

Mir bleibt der Schnabel offen stehen, und Traurigkeit steigt in mir hoch, weil ich weiß, dass Harry mit seinen Vorwürfen nicht ganz unrecht hat. Allerdings ist dieser Zustand doch nur von kurzer Dauer – oder glauben meine Kumpels das etwa nicht? »Aber ich dachte, wir sind eine Möwenbande, in der ...«

»Richtig, in der man sich gegenseitig hilft. Für unsere Sorgen hast du aber überhaupt keinen Blick mehr. Und drum habe ich den Schnabel gestrichen voll.« Harry schreit jetzt so laut, dass sich selbst unser Scheff Adee die Ohren zuhält. »Es war die einzig richtige Entscheidung von meinem Sohn, bei dieser undankbaren Bande nicht mehr dabei sein zu wollen. Ich fliege ihn jetzt suchen, und es ist mir völlige Wattwurmscheiße, was mit deinem Problem passiert!«

»Recht hat er«, sagt Balthasar. Er schaut Harry hinterher und faltet seine Zeitung zusammen. »Auch wenn ich mich etwas gewählter ausgedrückt hätte.«

»Willst du mich jetzt auch noch verlassen?«, frage ich.

»Warum sollte ich? Ich habe Harry nur recht gegeben. Im Gegensatz zu ihm bin ich allerdings im Reinen mit mir selbst.«

Schade, denke ich. Ein kleines bisschen Hoffnung hatte ich gehegt. »Und ihr?«, frage ich Alki und Frau Spatz, die beide ganz betreten aus den Federn schauen, und ich denke schon, jetzt kommt was, aber sie sind wohl nur noch geschockt von Harrys Ausbruch.

»Wir bleiben auf jeden Fall bei dir, denn ich habe dir so einiges zu verdanken«, erklärt Alki mit leicht verwaschener Aussprache, und Frau Spatz bekräftigt seine Worte mit vielfachem Nicken.

Dann sagt keiner mehr was. Was tun wir denn jetzt? Ich habe auch keinen Plan B mehr. Nicht mal mehr einen Plan Z, der auch nicht funktionieren könnte. Ich weiß einfach gar nichts mehr.

Das Knubbelchen schlägt die Augen auf. Doch dieses Mal fängt es nicht prompt an zu schreien. Es schaut munter in die Welt, brabbelt unaufhörlich vor sich hin und scheint sich bei uns mittlerweile richtig wohlzufühlen.

So war das irgendwie nicht gedacht. Ein Baby braucht doch seine Eltern! Vor lauter Frust stecke ich meinen Schnabel ins Gefieder. Am liebsten würde ich nie wieder daraus auftauchen.

Ich will ja nicht ungerecht sein, aber ich bin wirklich übel dran, mir sind nur noch Alki, Frau Spatz und Balthasar geblieben. Ausgerechnet diese drei.

Was habe ich nur verbrochen, dass mich der heilige Albatros so bestraft? Ich habe doch immer anständig von vollkommen ehrbarer räuberischer Erpressung gelebt. Wirklich, ich habe niemals den Möwenehrenkodex übertreten und einem Kind etwas abgejagt.

Ich darf gar nicht daran denken, wie meine Suzette auf unseren fünf Eiern sitzt und allein brüten muss. Es macht mich so traurig, weil ich nicht bei ihr sein und sie unterstützen kann, wie sich das für einen anständigen Möwerich gehört. Erst vor zwei Tagen habe ich ihr feierlich versprochen, ihr immer beizustehen, aber was soll ich denn machen, wenn ich gleichzeitig das Baby in meinem Nest habe?

»Das Problem krabbelt«, höre ich unseren Scheff Adee in die Stille hinein sagen.

Ruckartig hebe ich meinen Kopf, sodass es mir schmerzhaft ins Genick fährt.

Das Windelding hat sich auf alle viere gestemmt und ist aus dem Nest gepurzelt. Zum Glück war die Landung weich, und mit einer Drehung hat es sich sofort wieder in Position gebracht. Es setzt ein Patschehändchen vor das andere und zieht mit den Knien nach. Und wieder und wieder. Zielgerichtet krabbelt es auf Baron Silver de Luft zu und greift nach der Thunfischdose auf seinem Kopf, die prompt herunterfällt.

»Wie niedlich!«, ruft Frau Spatz.

»Mein Helm ist nichts für dich zum Spielen«, sagt Scheff Adee mit sanfter Stimme und schiebt das Knubbelchen vorsichtig weiter.

Jetzt kommt es direkt auf mich zu. »Papppapppapp«, macht es dabei und strahlt mich an. Im Unterschnabel sehe ich zwei Zähnchen blitzen.

»Es hat Papa zu dir gesagt«, behauptet Alki und wischt sich gerührt mit dem Flügel über die Augen.

»Papperlapapp«, sage ich, und gleichzeitig wird mir ein bisschen warm ums Herz. Mir wäre es allerdings lieber, wenn meine Küken das bald zu mir sagen – fünfstimmig hätte es aber nicht gleich sein müssen.

Wo krabbelt das Knubbelchen denn jetzt hin?

»Hey, nicht zum Wasser«, rufe ich, aber es hört nicht auf mich. An meiner Autorität muss ich wohl noch arbeiten. Ein Küken hätte sich bei meinem Geschrei schon längst nach mir umgedreht. »Komm zurück, sofort!«

Doch stattdessen wird das Baby immer schneller, selbst im Sand ist es nicht zu bremsen. Das glitzernde Wasser muss wohl eine große Anziehungskraft ausüben.

»Kann so ein kleines Windelding eigentlich schon schwimmen?«, frage ich in die Runde und ernte ratloses Flügelzucken.

Nur Balthasar schüttelt den Kopf und verdreht die Augen.

»Natürlich können solche kleinen Menschen nicht schwimmen.«

»Was stehst du dann noch rum? Wie hält man so ein Baby auf, wenn es nicht hört? Ich kann es schlecht im Genick packen und zurück ins Nest ziehen. Verdammt, was soll ich machen?«

»Es ist …«

»Sag jetzt nicht, das wäre mein Problem«, unterbreche ich Balthasar.

»… Ebbe«, vollendet er den Satz.

»Was?« Ich schaue genauer hin. »Aber das ist ja noch schlimmer! Kein Küken lässt man bei Ebbe ins Watt, weil das so eine Sauer…«

Zu spät. Die erste Portion Wattschlick kommt auf uns zugeflogen und landet genau auf Frau Spatz, die jetzt ohne Zweifel ein Dreckspatz ist und gleichzeitig schimpft und lacht. Im Losfliegen landen ein paar Spritzer auf Alki, der sich gespielt ärgerlich darüber beschwert, während Frau Spatz zu einem Priel hüpft und sich darin badet.

Auch Alki will sich säubern, doch kaum ist er in der Nähe des Babys, bekommt auch er eine richtige Ladung ab. Innerhalb kürzester Zeit ist die Wattschlacht im vollen Gange.

Und zack, eine volle Breitseite vom Knubbelchen, das mit seiner Windel im Matsch sitzt und giggelt. Wenn ich jetzt nur halb so schlimm aussehe wie Balthasar, möchte ich mich lieber nicht im Wasserspiegel anschauen.

Und wieder spricht eine Stimme aus dem Chaos zu mir: »Lächle und sei froh, denn es könnte noch schlimmer kommen.« Ich lächele also und bin froh – und natürlich kommt es schlimmer.

★★★

Ich bekomme unangekündigten Besuch. Der Schnabel ist bald so lang wie der Körper, und mit den Federn im Tigerlook kommt sie sich wohl besonders gefährlich vor. Ich finde das Muster ja ehrlich gesagt ziemlich out, mich kann so eine Pfuhlschnepfe von der Behörde nicht beeindrucken. Auch nicht mit ihrer rostroten Brustfärbung, mit der sie wohl schon von Weitem signalisieren will: Vorsicht, Ärger.

Mit ihren langen Beinen stakst sie auf uns zu. Sie bleibt abrupt stehen, als sie das Baby im Wattschlick herumkrabbeln sieht, aber dann fängt sie sich. »Wer von Ihnen ist Ahoi?« Sie schaut uns alle von oben bis unten an, und ich will nicht wissen, was sie denkt.

Mit zwei, drei Schnabelbewegungen putze ich mir den schlimmsten Dreck aus dem Gefieder und trete vor. »Ich weiß, dass ich möglicherweise mein Konto überzogen habe, aber Sie kommen umsonst …«

»Vergeblich«, mischt sich Balthasar ein und erntet von mir einen bösen Blick.

»Vergeblich. Bei mir gibt es nichts zu pfänden – obwohl, das Baby könnten Sie mitnehmen.«

Die Schnepfe überreicht mir eine rote Feder. »Wir wollen nichts pfänden. Ich komme nicht von der Schnepfenbank, sondern von der Nestaufsichtsbehörde. Das ist eine Abrissverfügung für Ihr Nest.«

»Eine *was*?« Mir wird schwindelig, und ich muss mich auf den Strand setzen. »Das muss ein Irrtum sein.«

»Leider nicht. Wie wir bei einer Überprüfung festgestellt haben, befindet sich Ihr Nest außerhalb des ausgewiesenen Brutgebietes, und deshalb erhalten Sie hiermit die Abrissverfügung zugestellt. Bis morgen haben Sie Ihr Nest geräumt. Danach beginnt die Firma Kormoran mit der Abtragung des Objekts, das überdies die für Möwen vorgeschriebene Nestnormgröße weit überschreitet. Ein Bußgeldbescheid hierzu ergeht in den nächsten Tagen mit getrennter Feder an Sie. Haben Sie noch Fragen?«

»Werte Schnepfe«, mischt sich Balthasar ein. »Dagegen werden wir natürlich erst einmal Widerspruch einlegen.«

»Zwecklos. Dieses Nest verstößt sowohl bezüglich seiner Lage als auch in seiner Größe gegen sämtliche Baurechtsvorschriften.«

Mir steht der Schnabel offen. Das ist doch jetzt alles nicht wahr hier. »Aber das wusste ich doch nicht!«, rufe ich.

Okay, ich hab mich offen gestanden schon gefragt, warum hier sonst niemand brütet – aber ich war viel zu verliebt in dieses Fleckchen Erde und meine Suzette, als dass ich auf die Idee gekommen wäre, mich außerhalb des vorgeschriebenen Brutgebiets zu befinden. Woran hätte ich das auch erkennen sollen? Hier sieht alles so aus, wie in der Gegend, wo Mogulis' Nestel steht. Und natürlich sollte es Suzette so bequem und komfortabel wie nur möglich haben.

»Unwissenheit schützt vor Strafe nicht«, konstatiert die Schnepfe und verabschiedet sich. Nachdem sie auf ihren langen Beinen ein paar Schritte weit gestakst ist, dreht sie sich noch einmal um. »Da Ihnen ja offenkundig an Ihrem Nest gelegen ist, obwohl ich hier weit und breit kein Weibchen sehe, sondern nur so ein komisches Menschending, können Sie bis morgen Nachmittag bei uns auf der Schnepfenbehörde einen Antrag auf Verlegung Ihres Nests stellen.«

»Und wo wird es dann hingebracht?«

»Nach Westerland, auf das Dach des Kurzentrums.«

»Aber Sie können mich mit meinem Nest doch nicht einfach ins achtzehnte Stockwerk inmitten Hunderter Menschen setzen!«

»Um eine bessere und vor allem genehmigte Lage hätten Sie sich vorher kümmern müssen. Für diese Brutsaison sind alle Bauplätze vergeben. Auf Sylt herrscht Brutstättennot – das muss ich Ihnen ja wohl nicht erzählen. Allerdings ist die Firma Kormoran bereit, gegen eine Gebühr von zehntausend Heringen Ihr Nest zu transportieren.«

»Das ist ja Wucher!«

»Wenn Ihnen das nicht genehm ist, ist das nicht unser Problem. Jedenfalls können Sie nicht behaupten, wir hätten

Ihnen keine Alternative angeboten und würden Sie mit Ihrem Schicksal allein lassen. Es ist ganz allein Ihre Entscheidung, wie es mit Ihrem Nest weitergehen soll. Einen schönen Tag noch.«

FÜNFZEHN

Nach dem Besuch der Schnepfe bin ich mir jedenfalls über *eine* Entscheidung im Klaren: Ich schieß mich auf und häng mich tot. In dieser Reihenfolge. Sobald ich das Knubbelchen eingefangen habe. Das ist nämlich schon wieder ins Watt abgehauen und denkt wohl, das Spiel geht weiter.

Nein, das hier ist kein Spaß mehr. Da ich, selbst wenn ich wollte, keine zehntausend Heringe bezahlen kann, gehöre ich ab morgen zu den brutstättenlosen Möwen und kann damit nicht mal mehr meinem Weibchen eine Heimat bieten, geschweige denn meinen künftigen Küken ein Nest zum Aufwachsen. Das schmerzt.

Ich weiß, dass ich Suzette verlieren werde, meine große Liebe, und unserer Küken wegen müsste ich sogar Verständnis zeigen, wenn sie sich Mogulis zuwendet. Dabei wollte ich doch einfach nur eine glückliche Dauerbrutpartnerschaft führen und meinen Küken ein treusorgender Vater sein, wie ich es Suzette versprochen habe. Ich bin dabei, alles zu verlieren – nur nicht das, was ich dringend loswerden will.

Das Knubbelchen sitzt mit seiner mittlerweile schwarz gefärbten Windel im Watt und hat einen Wattwurm ausgegraben, den es zu greifen versucht. Alki, Frau Spatz und Balthasar stehen darum herum und feuern es mit Flügelschlagen an.

Doch der Wattwurm rutscht ihm immer wieder aus der kleinen Faust. Dann nimmt Balthasar den Wurm angewidert in den Schnabel und hält ihn dem Baby wieder hin.

Selbstvergessen beobachte ich die vier bei diesem Spiel. So ein Kleines sieht die Welt doch mit ganz anderen Augen. Es sitzt fröhlich da, während sich seine Eltern die Augen nach ihm ausweinen.

Außerdem kann das Baby nichts dafür, dass es mein Leben komplett durcheinandergebracht hat, und wenn es eine Sache gibt, die ich noch zu einem guten Ende führen kann, dann ist es die, das Baby nach Hause zu bringen.

Niemals werde ich es seinem Schicksal überlassen, wenn mein Nest abgerissen wird. Denn irgendwie habe ich das Knubbelchen doch ein kleines, kleines bisschen lieb gewonnen.

Was mache ich nur, was mache ich nur, was mache ich ...

Während ich stumpf vor mich hin brütend dasitze, fällt die Lösung vom Himmel, buchstäblich.

Ein Storch, der offenkundig seine langen Gräten nicht unter Kontrolle hat, legt neben uns eine Bruchlandung hin und bremst mit dem Schnabel im Watt. Schon während er sich aufrappelt, klappert er los.

Wir verstehen kaum ein Wort, außerdem ist seine Aussprache ziemlich feucht, und wir müssen vor umherfliegenden Muscheln und Wattwürmern in Deckung gehen.

Sein Name ist Adebar Klapper, so viel wird jedenfalls klar, und er entschuldigt sich für die Unannehmlichkeiten, weil wir nun alle so schmutzig sind. Der kann ja nicht ahnen, dass wir vorher schon so ausgesehen haben.

»Was ist tenn tas für ein flugunfähiges Objekt?«, fragt er, nachdem er seine roten Staksen sortiert hat, und schaut entgeistert auf unser Knubbelchen, als hätte er gerade eine Erscheinung.

»Ähm ... das ist ein Baby.«

Entweder ist der Storch nicht ganz zurechnungsfähig, weil er so tut, als hätte er noch nie eines gesehen, oder ich habe ihn nur falsch verstanden. Dieser Langgräter spricht aber auch undeutlich. Das sind eigentlich mehr so krächzende, muhende und quiekende Laute, die da aus seinem Schnabel kommen.

»Ich dachte, so ein Storch könnte gar nicht sprechen«, piepst Frau Spatz, die sicherheitshalber hinter ihrem Alki in Deckung gegangen ist, weil sie den Appetit dieses fleischfressenden Riesenvogels, dem sie gerade mal bis zum Knöchel reicht, wohl nicht so ganz einschätzen kann.

»Irrtum«, sagt Klapper. »Viele glauben, ein Storch wäre

stumm, weil wir uns untereinander mit Klappern verständigen, aber tas liegt nur taran, tass ihr tiese Sprache nicht versteht.«

Die Frage ist, ob wir nicht trotzdem einen Übersetzer bräuchten. Aber er gibt sich ja Mühe.

»Das Baby lag in meinem Nest und ist wohl Opfer einer Entführung geworden.«

Klapper überlegt einen Moment, dann hellt sich seine Miene auf. »Ich weiß, wo tas Baby hingehört! Gebt es mir, ich bringe es zu seinen Eltern.« Er klappt seinen Schnabel auf, aber Balthasar geht dazwischen.

»Moment mal, nicht so eilig, Herr Adebar.«

»Mein Name ist Klapper, Adebar Klapper.«

»Wie auch immer. Herr Adebar, woher wissen Sie, wer die Eltern des Babys sind?« Balthasar baut sich vor dem Storch auf und stemmt die Flügel in die Hüften.

»Weil ich es vor ein paar Monaten selbst ausgeliefert habe, ich erinnere mich ganz genau.«

»Sind Sie sicher?«, frage ich und lege den Kopf schräg. Das wäre ja fast zu schön, um wahr zu sein. Dann wäre dieser Storch tatsächlich ein Geschenk des heiligen Albatros. »Und wo ist es zu Hause?«

»In …« Der Storch denkt kurz nach. »In Kampen.«

Ich runzle die Federn. Ich kann zwar nicht beweisen, dass Peter Lorenzen nach Hörnum gefahren ist, und ob er wirklich dort wohnt, weiß ich ebenfalls nicht, vielleicht hatte er dort nur etwas zu erledigen und ist später wieder umgekehrt, aber Kampen liegt in der entgegengesetzten Richtung, und irgendwie kommt mir die Sache schon etwas komisch vor.

Doch was bleibt mir anderes übrig, als dem Storch zu vertrauen? Er ist der Einzige, der das schwere Bündel transportieren könnte, und warum sollte er nicht die Wahrheit sagen?

»Gut, tann fliege ich mal los«, sagt Klapper und schnappt sich das Baby an der vollgesaugten Windel. Das Knubbelchen quietscht und fängt an zu weinen, als es mit dem Kopf nach unten über dem Wattboden baumelt. Klapper guckt ganz kariert aus den Federn.

»Doch nicht so«, schreit Balthasar und stellt sich unter das Baby, damit es notfalls auf ihn drauffällt.

»Der ist ein bisschen komisch«, sagt Alki.

»Wollen Sie uns hinter die Wolken führen, Herr Klapper?«, rufe ich. »Sie haben doch noch nie ein Baby transportiert! Sie müssen es in ein Tuch legen und dann im Schnabel tragen.«

»Habt ihr tenn eines?«

Warum fragt er jetzt erst danach und nicht schon vorher?

»Natürlich, bei mir im Nest. Darin eingewickelt ist es abgelegt worden.«

Ich hole es, breite das Tuch auf dem Sand aus, und Klapper legt das Baby darin ab. Balthasar nimmt eine Ecke, ich die andere, und gemeinsam machen wir es zu.

Mit Schwung nimmt Klapper das Bündel auf. Die Fliehkraft schlägt zu, und er dreht sich wie eines dieser Kettenkaruselldinger mit dem Baby einmal um seine eigene Achse, schwankt hin und her, muss die Flügel ausbreiten und findet nur mit Mühe sein Gleichgewicht wieder.

»Alles in Ordnung?«, frage ich. Dabei spüre ich, dass hier etwas ganz und gar nicht in Ordnung ist.

»Ja, ja, alles gut. Ich bin nur etwas aus ter Übung. Es gibt ja heutzutage nicht mehr so viele Babys auszuliefern, schon gar nicht hier auf ter Insel. Außerdem ist tieses Windelding ganz schön schwer.«

Dass es allein daran liegt, wage ich zu bezweifeln. Oder ist der wirklich nur ein bisschen komisch, und ich übertreibe? Wenn wir nur nicht auf ihn angewiesen wären. Fragend schaue ich in die Runde.

»Wir fliegen mit!«, sagen meine Kumpels wie aus einem Schnabel. Wir sind eben doch ein Team.

SECHZEHN

Ein seltsames Grüppchen sind wir, als wir uns auf den Weg machen: Klapper mit dem Baby, gefolgt von Frau Spatz, Alki, Balthasar Oberschlau und meiner Wenigkeit. Nur unser Scheff Adee hatte ganz von selbst ein Einsehen und ist beim Nest geblieben.

Seit fast einem Jahr habe ich ihn keine Langstrecke mehr fliegen sehen, ist ja auch vernünftig so, schließlich hat er wegen seiner Sehbehinderung nur noch eine eingeschränkte Fluglizenz. Wie sehr es ihn allerdings immer noch in den Flügeln juckt, kann man ihm ansehen.

Mit einer Mischung aus Traurigkeit und Besorgnis schaut er uns nach, doch er weiß selbst, dass er mehr ein Hindernis als eine Hilfe wäre, so leid mir das tut. Andererseits kann er sich nicht darüber beschweren, wie er seinen Lebensabend verbringt.

Während andere Möwen im biblischen Alter von dreißig Jahren am Hungertuch nagen und ihre Beute aus Mülleimern holen müssen, versorgen wir unseren Ex-Scheff mit frischer, nahrhafter und ausgewogener Beute. Von dieser Ernährungsweise müssen wir Alki auch wieder überzeugen. Kann ja nicht ewig so weitergehen mit der ungesunden Sauferei.

Ich bemühe mich, Alki auf Kurs zu halten, weil Frau Spatz in eine Diskussion mit Balthasar verstrickt ist, bei der sie sich den Schnabel heiß zwitschert.

Balthasar hatte vor dem Abflug sein Handy unter dem Flügel vorgeholt. So eine Beute war schon immer sein Traum gewesen, und letzten Sommer hat er eines samt Ladekabel in einem Rucksack gefunden. Seither fliegt er nur noch mit Navi. Auch jetzt hat er die Flugroute eingegeben, obwohl wir die Reetdächer unseres Ziels schon beim Start sehen konnten.

»Das ist aber nicht die kürzeste Route«, ruft Frau Spatz,

als wir nicht nach Nordosten abbiegen, sondern auf der FB 1 bleiben, der Flugbahn am Wattenmeer entlang. Sie ist schon ganz außer Atem, und ihre Flügelschlagfrequenz nähert sich der eines Kolibris.

»Aber es ist die schnellste Route, und darum nehmen wir sie.«

»Nur weil wir hier schnell fliegen können, heißt das doch nicht, dass wir am Ende schneller da sind. Das sind wir nur auf dem kürzesten Weg«, piepst Frau Spatz.

»Der kürzeste Weg ist aber nicht der schnellste, sonst wäre es ja nicht der kürzeste, sondern der schnellste Weg.«

»Der schnellste Weg ist aber nicht der kürzeste, also nehmen wir besser die Route, die alle Spatzen fliegen.«

»Wir hören auf das Navi, denn das hat immer recht«, ruft Balthasar bockig.

»Wie wäre es, wenn wir einfach in den Landeanflug gehen?«, frage ich genervt und deute nach unten. Wir fliegen bereits direkt über dem schmalen Teil der Landzunge, auf dem sich die Reetdachhäuser von Kampen von der Wattseite bis hinüber zur tobenden Nordsee erstrecken.

Von oben sehen die Häuser aus wie eine verstreut grasende Herde von Mammuts. Natürlich ist Kampen für jede Touri-Möwe auch ohne Navi problemlos zu finden, schließlich riecht man den Edelfisch und den Kaviar schon von Weitem. Noch dazu sind der weiße Leuchtturm mit seiner schwarzen Bauchbinde und das braune Quermarkenfeuer auf dem Roten Kliff selbst für eine halb blinde Möwe wie unseren Scheff Adee nicht zu übersehen.

Wir schweben über einem Hügelmeer aus Farbklecksen dahin, und die Menschen tun mir ein kleines bisschen leid, denn die müssen für diesen gigantischen Ausblick eine nicht enden wollende, steile Treppe auf die Uwe-Düne hinaufkeuchen, während wir diese lächerliche Höhe von zweiundfünfzig Metern mit zwei Flügelschlägen erzielen. Doch immerhin reicht es aus, um nahezu die gesamte Insel zu überblicken.

Der verschlossene Gesichtsausdruck von Klapper gefällt mir gar nicht. Im Segelflug gleitet er dahin, nur von langsamen Flügelschlägen unterbrochen, sein schwarzes Gefiederteil hat in der Sonne einen fast metallischen Glanz.

Mein Problem scheint eingeschlafen zu sein, die wiegenden Bewegungen in der Luft gefallen ihm wohl, doch ich habe ständig Angst, dass Klapper das Bündel aus dem Schnabel verliert.

Erleichtert atme ich durch, als wir nach einigen Kreisflügen in einem nahe am Watt gelegenen Wohngebiet landen. Alter Falter, hier lässt es sich als Mensch wohl leben.

Reetgedeckte Villen, in denen man sich selbst als menschlicher Zweibeiner verlaufen kann, und parkähnliche Gärten drumherum, in denen selbst ich mich nicht trauen würde, eine Landung hinzulegen, um nicht einen der kerzengeraden Grashalme zu knicken.

Die Ruhe hier ist wunderbar. Erst im nächsten Moment mutet sie seltsam an. Es ist zwar sehr schön hier, aber irgendwie habe ich das Gefühl, mich in ein Landschaftsgemälde verirrt zu haben. Weit und breit kein Lebenszeichen − weder von Mensch noch Tier.

Klapper schaut sich um, das Bündel schwankt in seinem Schnabel.

»Wohin jetzt?«, frage ich.

»Nun wartet toch mal«, beschwert sich Klapper. »Ich muss mich auch erst wieder zurechtfinden.« Er stakst ein paar Schritte auf eine Hofeinfahrt zu, macht dann kehrt und bleibt vor einem anderen Tor stehen, schüttelt den Kopf, geht zum nächsten Haus und ruft vom Vorgarten aus: »Hier ist es!«

Schnell hüpfen wir zu ihm hin. Ich schaue zum Terrassenfenster hinein, ob irgendwelche Gegenstände darauf hindeuten, dass hier ein Baby zu Hause ist.

»Hier?«, frage ich entgeistert. Auf dem Wohnzimmertisch liegen ein Handyladekabel und eine Sonnenbrille, in der einsehbaren Küche steht eine geöffnete Flasche Selters. Ansonsten ist die Wohnung so aufgeräumt und unpersönlich wie ein verlassenes Nest.

»Das ist eindeutig ein Zweitnistplatz«, sagt Balthasar schlau. »Das erkennt man daran, wie die Dinge drapiert sind. Es soll den Anschein erwecken, als ob jemand zu Hause ist, um Einbrecher abzuschrecken.«

Klapper läuft langsam um das Haus herum und scheint nach einem Beweis zu suchen, dass er doch richtigliegt.

Fassungslos betrachte ich mit meinen Kumpels das Schauspiel. »Du hast überhaupt keine Ahnung, wo die Eltern des Babys wohnen!« Mein Ton ist rau geworden, und siezen will ich diesen seltsamen Vogel auch nicht mehr.

Hinter dem Friesenwall hören wir Stimmen, und dann sehen wir ein älteres Pärchen die Straße entlang auf uns zuspazieren.

Klapper verfällt in Panik. »Kein Mensch tarf mich sehen, sonst ist es um ten Zauber geschehen. Tas lernt jedes Storchenkind: Tie Menschen können nur an jenes glauben, was sie nicht sehn mit eignen Augen. Sobald sie nutzen ten Verstand, sind wir aus ihrer Welt verbannt.«

»Dann halten Sie still!«, ruft Balthasar.

Klapper begreift. Er erstarrt zur Salzsäule, und wir laufen angelegentlich um ihn herum, als würden wir gerade rasten.

»Schau mal, wie nett«, sagt die ältere Frau zu ihrem Mann, als sie uns entdeckt. »Da hat sich ein frisch vermähltes Paar einen Storch in den Garten gestellt und hofft auf Babyglück.«

»Ich find's kitschig. Hätte Hans Christian Andersen nicht diese Geschichte geschrieben, würde heute kein Mensch an den Storch glauben oder gar Süßigkeiten aufs Fensterbrett legen. Ich hab jetzt übrigens Hunger nach dem Spaziergang, Lieselotte. Lass uns im Gogärtchen etwas essen. Oder willst du lieber in die Sturmhaube?«

Nachdem das Ehepaar um die Ecke gebogen ist, atmet Klapper tief durch und legt das Bündel vor sich ab. »Tas ist so gemein!«, klappert er frustriert. »Tieser Schriftsteller hat die

Geschichte aufgeschrieben, die mein Ururgroßvater ihm in tie Feder tiktiert hat. Toch als tas Buch tann so ein großer Erfolg wurde, hat er meinen Großvater verleugnet und behauptet, er habe sich tas alles selbst ausgedacht.«

»Lenk nicht ab. Wo wohnt das Baby?«, frage ich schroff.

Klapper schaut sich um. Dabei habe ich allerdings den Eindruck, dass er mehr den Himmel als die Wohngegend absucht. »Jetzt weiß ich es wieder. Ich war einfach schon zu lange nicht mehr hier. Tort trüben ist es.«

Ich verziehe den Schnabel, aber was bleibt uns denn mehr als diese letzte Hoffnung?

Wir gehen zurück zur Straße. Klapper mit dem Baby voran, Balthasar und ich hinterher, Alki und Frau Spatz folgen uns mit etwas Abstand. Die beiden flüstern aufgeregt miteinander, aber ich verstehe kein Wort davon.

»Und wohin jetzt?«, frage ich, als wir die Straße schon fast bis zu ihrem Ende entlanggegangen sind.

Klappers Antwort geht in einem Schmerzensschrei unter. Mit seinen langen Staksen ist er in einen Gullydeckel geraten. Zum Glück ist sein Hals lang genug, um das Baby vor einem Aufprall zu bewahren. Das Bündel baumelt knapp über dem Asphalt. Nur wie bekommen wir Klapper da jetzt wieder raus?

»Wir ziehen an beiden Flügeln«, rufe ich Balthasar zu. »Du rechts, ich links. Zugleich, zuuuugleich!«

Meine Kommandos gehen in einem Motorengeräusch unter.

Ein Auto biegt um die Ecke und kommt genau auf uns zu. Der Fahrer unterhält sich angeregt mit seiner Frau, zeigt zwischen den Häusern hindurch auf das Wattenmeer und achtet nicht auf die Straße. Es ist dasselbe Pärchen, das eben an dem Haus vorbeispaziert ist.

Und jetzt? Wir haben keine Chance. Das Herz schlägt mir bis zum Hals. Allein kann Klapper sich nicht befreien, und wir können das Baby nicht in Sicherheit bringen, weil es viel zu schwer für uns ist.

Der Storch legt das Bündel neben sich ab und breitet schützend seinen Flügel darüber. Dann wirft er den Kopf nach hinten, dass er sich fast den Hals ausrenkt und der Hinterkopf auf seinem Rücken liegt. Den Schnabel senkrecht gen Himmel gereckt, klappert er um Hilfe, so laut er nur kann.

Kein Ausweg. Die Erkenntnis trifft uns mit voller Wucht, und wir verfallen in Schockstarre.

SIEBZEHN

Offenbar ist Alki geistesgegenwärtiger als wir alle zusammen, oder er ist völlig verrückt geworden, denn er fliegt mit weit ausgebreiteten Schwingen auf die Windschutzscheibe des dunkelblauen Wagens zu.

Der Fahrer sieht auf und reißt das Lenkrad herum, nur eine Möwenlänge von Klapper und dem Baby entfernt. Dann prallt das Auto frontal gegen den nächsten Friesenwall.

Heiliger Albatros, war das knapp. Mit vereinten Kräften gelingt es uns jetzt, Klapper zu befreien, und ich überzeuge mich davon, dass es unserem Knubbelchen auch wirklich gut geht.

Das Problem hat in seinem festen Schlaf von der Gefahr nicht einmal was mitbekommen, während mir der Schreck noch tief in den Federn sitzt.

Auch Klapper wirkt mitgenommen, sein Schnabel ist so bleich wie sein Gefieder, seine dürren Beine zittern und wollen ihn kaum tragen, als er auf Alki zugeht. »Tanke, Kumpel. Hast ganz schön was riskiert für mich. Wenn tu nicht gewesen wärst, hätten tas Baby und ich nicht überlebt.«

Was Alki da unter Einsatz seines eigenen Lebens vollbracht hat, macht mich sprachlos und beschämt darüber, dass ich ihn immer so ein bisschen als lästiges Anhängsel der Gruppe betrachte.

»So macht man das in einem Team«, lautet Alkis knappe Antwort. »Einer ist für den anderen da.«

»Wo ist eigentlich Frau Spatz?«, frage ich. Vor dem Unfall war sie doch noch bei uns?

»Die wird doch nicht unter die Räder gekommen sein?«

Muss Balthasar denn unbedingt aussprechen, was ich im Stillen befürchte? Ich blicke ängstlich zum Wagen an der Friesenmauer. Den Menschen scheint es halbwegs gut zu gehen.

Nachdem sie sich wohl vom ersten Schock erholt haben, gehen die Türen auf. Aus dem dunkelblauen Auto steigt vorne Dampf auf, und irgendwie sieht das so aus, als sollten wir schnellstmöglich Luftwiderstand unter die Flügel kriegen.

Wie von Sinnen rennt Alki zum Auto und bleibt neben dem Hinterreifen stehen. Dort geht er in die Knie und schlägt die Flügel vors Gesicht. Damit ist klar, was er entdeckt hat.

»Mein Spatz, mein geliebter Spatz, sie ist tot!«

Ich will auf Alki zugehen, doch er weist mich mit einer brüsken Flügelbewegung zurück. »Lass mich. Ich möchte jetzt allein sein. Fliegt ihr weiter.«

»Aber wir … ich … sie gehörte doch zu unserem Team.«

»Ich werde einen Platz suchen, wo ich sie geschützt aufbahren kann, bis wir sie gemeinsam beerdigen können. Bringt jetzt das Baby nach Hause, und wehe dir, Klapper, du weißt nicht, wo das ist! Wehe dir, du treibst ein falsches Spiel mit uns.«

Ich lasse Alki nur ziemlich ungern allein, aber ich kann andererseits auch verstehen, dass er jetzt erst mal für sich sein möchte. Hoffentlich baut er keinen Mist.

Meinem Gefühl nach wäre es allerdings ebenso ein Fehler, wenn nur Balthasar bei Klapper bliebe. Also beschließe ich, Alkis Wunsch nachzukommen.

Mein Herz ist schwer, als wir Klapper zum nächsten Haus folgen. Auch Balthasar sagt ausnahmsweise mal kein Wort und schaut nur immer wieder gen Himmel, wo die Wolken sich zu einem Regenguss zusammenrotten.

Wie schnell so ein Leben zu Ende sein kann. Gerade eben habe ich noch mit der quicklebendigen Frau Spatz gesprochen. Jetzt kann sie nicht mal mehr erleben, wie wir das Knubbelchen zu seinen Eltern bringen.

Wobei ich daran so langsam wirklich nicht mehr glauben kann.

Klapper wird zusehends nervös, er rennt fast blindlings durch die Straßen und wir ihm hinterher. Waren wir hier nicht eben schon einmal? Es sieht alles so gleich aus, jedes Haus groß und schick, jeder Garten bis auf den letzten Grashalm gepflegt. Ein bisschen habe ich ja Verständnis, dass er sich nicht richtig orientieren kann, doch mein Mitgefühl wird mehr und mehr von Ärger abgelöst.

An diesem Wegweiser mit der Kaffeekanne sind wir auf jeden Fall schon einmal vorbeigekommen, und da ist auch wieder der versteckte Eingang zum Avenarius-Park, den habe ich nun schon dreimal gesehen.

Warum gibt der blöde Storch nicht einfach zu, dass er das Haus nicht mehr findet? Mit jedem Schritt setzt er sich und uns dem Risiko aus, noch einmal einem Menschen zu begegnen – von einem weiteren Auto mal ganz abgesehen.

Wieder schaut er in den Himmel, als würde er dort Beistand suchen. Jetzt fängt es auch tatsächlich noch an zu regnen, und Klapper beginnt, unkontrolliert zu klappern.

Störche sind auf solche Temperaturen einfach nicht ausgelegt. Für uns ist es das ganze Jahr über warm genug auf unserer Insel, auch wenn wir im Winter ganz gern mal eng zusammenrücken, sofern wir nicht gleich in wärmeren Gefilden überwintern. Aber Regen und etwas kühlere Temperaturen können einen Storch sogar im Sommer verzweifeln lassen und ihn zur Aufgabe seiner Brut bewegen. So richtig wohlfühlen würde Klapper sich nur in Afrika, Australien oder Südamerika.

Doch wo ein Storch geboren wird, da bleibt er meistens sein Leben lang. Jahr um Jahr baut er im Frühling seinen Horst aus und pflegt ihn über Jahrzehnte. Nur wenn ein Partner stirbt, wird ein neues Nest gebaut und bezogen. Eigentlich ein schöner Wesenszug, und ich habe mit den Störchen, die auf Sylt leben, auch noch nie ein Problem gehabt, aber mit diesem Klapper hier stimmt etwas nicht. Ich vermute, dass er das Baby gar nicht zu seinen Eltern zurückbringen will. Nur warum verstehe ich nicht.

Klapper geht in den Park hinein, um dort Schutz zu suchen. Mittlerweile gießt es wie aus Pelikanschnäbeln. Das

Baby schiebt er vorsichtig unter einen dichten Strauch, wo es geschützt ist. Dann stellt er sich davor und zieht ein Bein an seinen Körper heran, um es zu wärmen.

Diese Störche halten echt gar nichts aus. Der soll mal bei Eis und Schnee hier überwintern, so wie wir das teilweise machen. Wenn es im Orkan waagerecht schneit, dann weiß er, was arschkalt bedeutet.

Klapper hat seinen Schnabel ins Gefieder gesteckt und die Augen geschlossen. Der tut so, als ob er erfriert, obwohl hier Hochsommer ist. Trotzdem kann das Baby nicht ewig unter dem Busch liegen leiben, nicht dass es sich noch erkältet. An meinem letzten Möwenschnupfen wäre ich fast gestorben, ehrlich.

»Okay, Klapper. Sobald der Regen nachgelassen hat, fliegen wir zur Polizeiwache in Westerland und legen das Baby dort ab. Die Menschen werden sich schon darum kümmern.«

Klapper taucht mit seinem Schnabel aus dem Gefieder auf. »Tas kommt gar nicht in Frage! Als Storch tarf ich niemals ein Baby einfach irgendwo ablegen, ich muss es immer zu seinen Eltern bringen. Tas würde gegen mein Berufsethos verstoßen, meine Artgenossen würden mich aus ter Gemeinschaft ausschließen, und ich würde verbannt werden. Nie und nimmer werde ich tas tun!«

Balthasar schaut prüfend in den Himmel, ob das Wetter besser wird, und kneift die Augen zusammen. »Ich glaube, da kommen sie schon.«

»Wer? Die Sonnenstrahlen?«, frage ich irritiert.

»Seine Artgenossen. Und nicht bloß einer.«

Tatsächlich. Ich glaube, so viele Störche auf einmal habe ich noch nie über der Insel gesehen, nicht einmal zur Zugvogelzeit. Das ist ja eine wahre Armada, die da auf uns zufliegt. Wo kommen die denn auf einmal her – und vor allem, was wollen die?

»Ihr müsst euch verstecken«, klappert Klapper vor Entsetzen und hat plötzlich eine ganze Menge zu sagen: »Es tut mir leid, es tut mir so leid. Ich habe euch angelogen. Ich wollte euch in einen Hinterhalt locken, tamit meine Storchenkollegen euch gefangen nehmen können, während ich tas Baby an ein Paar ausliefere, tas sich ein Kind wünscht. Tie Wahrheit ist, ich hatte nie eine Ahnung, wer tie richtigen Eltern tes Babys sind. Ich habe tein Nest turch Zufall entdeckt. Auf Sylt werden seit ter Schließung ter Geburtsstation kaum mehr Babys geboren, für uns Störche ist tas ein hart umkämpfter Markt. Und erst nach Erstauslieferung eines menschlichen Babys tarf ein Storch seine eigene Familie gründen und kann tas Herz eines Storchenweibchens erobern. Ich musste tas tun, versteht ihr? Ich konnte toch nicht ahnen, tass mir einer von euch tas Leben rettet. Schnell, versteckt euch. Gegen tie Schnäbel meiner Leute habt ihr keine Chance, ihr könntet tabei umkommen. Überlasst mir tas Baby.«

Kaum ist der letzte Satz ausgesprochen, sind wir von Störchen umzingelt.

ACHTZEHN

In Formation stehen die Langgräter mit ihren Waffenschnäbeln vor uns und scheinen nur auf das Kommando ihres Anführers zu warten, der gut zweieinhalbmal so groß ist wie Harry und in dessen knallroten Schnabel ich der Länge nach hineinpassen würde.

Ich brauche mich nicht nach einer Fluchtmöglichkeit umzusehen. Der kleine Park inmitten von Kampen bietet durch Bäume, Hügel und Sträucher zwar zahlreiche Versteckmöglichkeiten, allerdings wird sich, wenn überhaupt, nur einer von uns beiden retten können, entweder Balthasar oder ich, während die Störche sich auf den anderen konzentrieren. Und das kommt gar nicht in Frage.

Der Storchen-Scheff tritt vor, während sein versammeltes Gefolge den Kreis um uns enger zieht. »Mein Name ist Kalif Storch. Ich fordere das Baby. Gibst du es freiwillig heraus?«

Endlich mal ein Storch, den man versteht. Akustisch, meine ich. Was er sagt, gefällt mir allerdings gar nicht.

Angesichts dieser Übermacht liegt mir ein Ja auf der Zunge, doch die böse Miene von Balthasar bringt mich zum Zögern. So kampfeslustig habe ich ihn ja noch nie gesehen. Genauer gesagt habe ich Balthasar auch noch nie in einer kämpferischen Auseinandersetzung jedweder Art erlebt, weil er der strikten Meinung ist, dass sich Konflikte ohne fliegende Federn lösen lassen müssen.

Jetzt scheint er jedoch anderer Überzeugung zu sein. Sollen wir uns also doch nicht so einfach geschlagen geben und es auf einen Kampf ankommen lassen? Die Störche haben zwar gefährliche Schnäbel, mit denen sie uns ohne Not aufspießen könnten – wir jedoch sind viel schneller und wendiger. Und wenn wir erst einmal auf dem Rücken eines Storches sitzen, ist dessen Genick schutzlos unseren Schnäbeln ausgeliefert.

Balthasars Entschlossenheit imponiert mir und bringt mich dazu, für unser Knubbelchen kämpfen zu wollen. Wenn es nur den Hauch einer Chance gibt, dass das Baby in unserer Obhut bleibt und wir es zu seinen richtigen Eltern zurückbringen können, sollten wir sie nicht ungenutzt lassen.

»Los, du Möwe. Es ist saukalt und regnet. Meine Geduld und Freundlichkeit haben ihre Grenzen. Her mit dem Baby, und zwar freiwillig, oder willst du tatsächlich Ärger haben?«, drängt Kalif Storch und stakst einen Schritt auf mich zu. Sein selbstsicherer Gestus verstärkt meine Wut. Dem werden wir's zeigen.

Mit einem Seitenblick auf Balthasar erhebe ich meine Stimme zu einer gepfefferten Antwort: »Also, werter Kalif Storch, ich würde sagen: Eins, zwei, drei …«

»… Attacke!«, ruft Balthasar und verbeißt sich zielgerichtet in das Bein des Storchen-Scheffs.

Der schreit vor Schmerz auf, und ich nutze die kurze Ablenkung, um mit einem Sprung auf seinem Rücken zu landen. Ich muss sein Genick treffen, bevor er seinen Schnabel in Balthasar hineinbohrt.

Mit Schwung hole ich aus und treffe ins Leere, weil der Kalif im gleichen Moment mit seinem schlangenartigen Hals nach unten stößt. Verflucht!

Sein Schnabel saust knapp an Balthasar vorbei, weil der sich geistesgegenwärtig unter den Rumpf des Kalifen gerettet hat. Nur eine Feder spießt er von Balthasar auf, und somit steckt der rote Schnabelspeer in der Erde fest. Perfekt. Ich starte einen zweiten Angriff auf das Genick.

Der durch den Erdboden gedämpfte Schrei des Kalifen wirkt wie ein Signal auf sein Gefolge.

Mit Hechtsprüngen und angsteinflößendem Geklapper stürzen sie sich auf mich – und gleichzeitig auf den Oberstorch, weil ich ja auf dessen Rücken sitze. Das heißt, nicht mehr, denn ich erhebe mich in dem ganzen Getümmel unbemerkt in die Lüfte.

134

Gerettet! Ob die sich wohl jemals wieder voneinander befreien können?, frage ich mich, als ich den wimmelnden Haufen aus verknoteten Gräten und ineinander verkeilten Schnäbeln von oben betrachte.

Balthasar krabbelt schnaufend aus einer Lücke im Storchenberg. Er sieht zwar etwas zerrupft aus, aber es scheint ihm gut zu gehen. Wie es dem Kalifen unter dem Haufen ergeht, wage ich nicht zu beurteilen. Ich schätze, er wird ein bisschen sauer sein.

Klapper schaut mich mit großen Augen an, ob wir denn wohl verrückt geworden sind, uns mit einer solchen Übermacht anzulegen. Das mag stimmen, aber noch verrückter wäre es, ihm das Baby kampflos zu überlassen. Bereit für die zweite Runde, lasse ich mich neben Balthasar nieder.

Die Störche haben sich mittlerweile wieder einigermaßen sortiert, in Formation aufgestellt und halten ihre Waffen mit leicht gesenkten Köpfen im Anschlag vor der Brust.

Jetzt rappelt sich auch der Kalif auf. Er wirft seinen Kopf weit in den Nacken, klappert lauthals und pumpt mit den Flügeln. Wenn ich ihn richtig verstehe, dann mag er mich, er kann es nur nicht so richtig ausdrücken.

Wir rennen im Zickzack zwischen den Storchenbeinen hindurch, schlagen Haken, um den Schnäbeln auszuweichen, die rechts und links von uns einschlagen. Recht erfolgreich, muss man sagen.

So kann das allerdings nicht ewig weitergehen, langsam geht mir die Puste aus, wir müssen uns eine andere Taktik einfallen lassen.

Einen fatalen Moment lang bin ich unaufmerksam, ein Storch nimmt mich am Flügel in die Klemme und reißt mich hoch, sodass ich mit dem Kopf nach unten in seinem Schnabel baumle. Verflucht!

Mit mir als Trophäe dreht sich der Storch einmal um die eigene Achse.

»Rupf ihm alle Federn aus!«, ruft der Kalif.

Alles, nur das nicht. Das ist Höchststrafe. Wenn ich aussehe wie ein gerupftes Huhn, bin ich nicht nur flugunfähig und das Gespött aller Möwen, dann brauche ich mich bei Suzette gar nicht mehr blicken zu lassen.

Dabei tue ich das hier doch letztlich auch für sie, damit sie in mein Nest zurückkehren und in Ruhe brüten kann. Den aufflammenden Gedanken, dass es dieses Nest bald nicht mehr geben wird, verdränge ich schnell wieder. Vielleicht ist sie nach einer Zeit des Abstands ja sogar stolz darauf, dass ich das Baby zu seinen Eltern zurückgebracht habe. Nur als Verlierer darf ich nicht vor ihr stehen, dann hat Mogulis gewonnen.

Aua, das tut ganz schön weh. Ich kneife den Schnabel zusammen, als die ersten Federn fliegen. Aber ich bin nicht bereit, das wehrlos über mich ergehen zu lassen. Der Gedanke an Suzette verleiht mir noch einmal Kraft. Ich mache Klimmzüge am eigenen Flügel, um meinen Peiniger irgendwo zu treffen. Vergebens.

Der Storch, der mich in der Klemme hat, schreit unvermittelt auf und vollführt einen wahren Tanz mit mir, dass mir übel wird. Ich hab doch gar nix gemacht. Dafür aber Balthasar.

Der hat, solange alle Aufmerksamkeit auf mir lag, ein paar Zweige von den Sylt-Rosen abgebrochen und den Rasen damit präpariert.

Sylt-Rosen haben keine typischen Dornen, sie sind vielmehr mit einem Pelz aus winzigen, dichten Piksern ummantelt, die sich bei der kleinsten Berührung in die Haut bohren und aufgrund ihrer Widerhaken kaum mehr zu entfernen sind.

Auf so ein Ding will ich bestimmt nicht drauftreten, die tun richtig fies weh. Der Storch wollte das sicher auch nicht, aber nun hat er den Salat.

Vor Schmerz fluchend reißt er seinen Klapperschnabel auf, und dadurch falle ich Kopf voran auf den Boden. Aber Hauptsache, ich bin frei. Mister Oberschlau kann manchmal richtig praktisch veranlagt sein.

Allerdings hat Balthasar nicht bedacht, dass diese fiesen Stacheln die Störche erst richtig wütend machen – und leider können auch wir die Wiese nun nicht mehr gefahrlos betreten. Also gehen wir in den Luftkampf über.

Ich habe dummerweise nur eine Ausbildung im Bodennahkampf, das wird mir jetzt schmerzlich bewusst. Oder wie würden Sie sich fühlen, wenn Ihnen zwei Meter lange Flügel um die Ohren donnern? Ich jedenfalls sehe wunderschöne Sternchen, nur nicht den Mond. Blindlings verbeiße ich mich in das Erstbeste, was mir vor den Schnabel kommt.

»Hey, spinnst du?«, kreischt Balthasar. »Lass sofort meinen Flügel los!«

Durch diese Aktion habe ich uns beide ins Trudeln gebracht. Wild flatternd wirbeln wir unter den erstaunten Blicken der Störche zu Boden, wo wir wie zwei Felsbrocken direkt vor den Füßen des Kalifen aufschlagen.

Noch bevor ich mich bewegen kann, spüre ich schon die Krallen seines Storchenfußes auf meinem Brustkorb und die Spitze seines Schnabels an meinem Hals. »Klapper, du nimmst dir die andere Möwe vor«, höre ich den Kalifen sagen.

Klapper kommt dem Befehl unverzüglich nach. Warum hatte ich die leise Hoffnung, dass er sich aus dem Kampf raushält, nachdem Alki ihm das Leben gerettet hat? Das Gegenteil ist der Fall.

Mit finsterem Blick drückt Klapper seine rote Schnabelspitze an die Kehle von Balthasar. Das ist zu viel für unseren Schlaumeier, und mit einem Seufzer fällt er in eine gnädige Ohnmacht. Beim heiligen Albatros. Nicht auch noch Balthasar. Ich meine, er kann manchmal ganz schön nerven – aber er darf doch nicht sterben! Was sollen wir tun?

Nichts mehr. Wir sind chancenlos. Es ist vorbei. Dabei wollte ich doch alles nur zu einem guten Ende führen. Mein einziger Trost ist, dass er seinen Tod wenigstens nicht mehr mitbekommt. Auch ich schließe die Augen in Erwartung des stechenden Schmerzes, der nun kommen wird.

»Wir sind hier!«, höre ich Frau Spatz aus der Ferne rufen. »Ahoi!«

Das ging aber schnell. Ich habe keine Schmerzen gespürt, kein weißes Licht gesehen und bin dennoch im Himmel. Ich frage mich jedoch irritiert, warum bei Frau Spatz von »wir« die Rede ist? Hat Alki sich vor Kummer umgebracht?

»Ahoi? Alles okay mit dir?«, ruft sie noch einmal.

Was für eine dämliche Frage. Natürlich ist nichts okay, schließlich bin ich tot. Oder wie jetzt?

Meinen Körper kann ich nicht bewegen, mein Hals ist wie festgenagelt, doch ich öffne vorsichtig ein Auge und sehe einen Storchenkörper über mir. Und noch etwas.

Über uns im Regen schweben Frau Spatz, Alki, Harry, Grey und Jonathan, den ich mit meinen Heringen längst über allen Meeren wähnte. Meine in alle Winde verstreut geglaubten Möwenkumpels sind wieder da! Habe ich Halluzinationen?

Und dann geht mir ein Licht auf. Frau Spatz hat sie alarmiert! Deshalb hat sie so aufgeregt mit Alki getuschelt, als wir durch Kampen geirrt sind. Sie hat nach einer Möglichkeit gesucht, sich von der Gruppe zu entfernen, ohne dass Klapper Verdacht schöpft und merkt, dass wir ihm auf die Schliche gekommen sind.

Nicht mal ich habe kapiert, was die beiden vorhaben. Die Idee, sich nach dem Autounfall tot zu stellen, war so genial wie filmreif. Und die Kulisse, die sich jetzt hinter Frau Spatz aufbaut, raubt mir endgültig den Atem.

Eine Spatzenarmada bringt sich dort in Stellung, dass der Himmel ganz schwarz von diesen kleinen Kamikazefliegern wird.

In mir kribbelt es. Wir haben doch noch eine Chance und das Baby somit auch. Meine Kumpels gehen auf die Störche los. Alki erwischt Klapper so geschickt am Bein, dass er fast reflexartig von Balthasar ablässt, während sich Harry mit ausgebreiteten Schwingen auf den Kalifen setzt und ihn durch Schnabelbisse in den Nacken zwingt, mich freizugeben.

Doch dafür wird Harry von einem Schnabelhieb an der Brust erwischt. So schnell konnte er gar nicht reagieren, wie der Storch seinen Hals gedreht und zugestochen hat. Getroffen fällt Harry von dessen Rücken. Mein Freund Harry, der es sonst mit jeder Möwe aufnimmt und jeden Kampf gewinnt, liegt keuchend am Boden und windet sich vor Schmerzen.

Auch Balthasar ist angezählt. Er hat sich mit Grey und Jonathan in den Luftraum geflüchtet und versucht verzweifelt, sich mit waghalsigen Manövern zu wehren. Meine letzte Hoffnung liegt auf Frau Spatz. Wir sind den Störchen zwar kräftemäßig nicht gewachsen, doch durch die Spatzenarmee nun zahlenmäßig weit überlegen.

Frau Spatz piepst zum Angriff.

Die schwarze Wolke formiert sich und prasselt als zweiter, lautstarker Regenschauer auf uns herab. Es entsteht ein Kampfgewühl, in dem ich Freund und Feind nicht mehr unterscheiden kann. Ich sehe nur noch Federn und Schnäbel vor mir, und sobald ich etwas Rotes vor Augen habe, beiße ich zu.

Allerdings sehe ich irgendwann nur noch Rot – und das meine ich buchstäblich. Ich habe das Gefühl, dass um mich herum ausschließlich Störche sind. Wo sind die Spatzen denn auf einmal hin?

Rückzug. Das darf nicht wahr sein. Die Spatzen hatten zu viele Federverluste und haben sich in eine der oberen Luftschichten zurückgezogen. Die Störche triumphieren. Allen voran der Kalif.

»Gibst du mir jetzt das Baby?«, fragt er mich im Vorbeigehen und schreitet über Hunderte von Federn hinweg auf Klapper und das Windelding zu.

Ich senke den Kopf. All diese Federn, all diese Verluste …

»Gib mir das Baby«, wiederholt der Kalif, als er vor Klapper steht.

»Warum tir?«, fragt Klapper und weicht zurück, noch näher

an die Hecke. »Es ist mein Baby. Ihr wolltet mir gegen tie Möwen helfen, tamit ich es an irgendwelche werdenden Eltern ausliefern kann.«

Kalif Storch bricht in lautstarkes Geklapper aus und wirft den Schnabel dabei mehrmals vor und zurück. »Das hast du wirklich geglaubt? Wie naiv du doch bist. Auf dem hart um-kämpften Markt der Baby-Auslieferung sollte ich dir, einem Nichts, ein Baby zur Erstauslieferung überlassen, damit du die Erlaubnis zur Gründung einer eigenen Familie bekommst und noch mehr Konkurrenz schaffst? Sieh erst mal zu, dass du überhaupt ein Weibchen findest, das einen Taugenichts wie dich haben will. Du bist seit sechs Jahren paarungsreif und hast es weder geschafft, ein Baby auszuliefern, noch, ein Storchenweibchen zu erobern.«

Klapper hebt mit trotzigem Blick den Kopf. »Tas ist nicht wahr! Ich hatte ein Weibchen. Ein rassiges Storchenweibchen, wie es sonst keines auf ter Welt gibt. Und wir haben uns sehr geliebt. Wir waren trei Saisonzeiten lang zusammen, sie hat immer zu mir gehalten und tarauf gewartet, tass ich eines Tages ein Baby ausliefern kann. Aber vor trei Wochen hat sie mich für einen anderen verlassen, ter bereits tie Lizenz zum Brüten hat. Sie konnte nicht mehr länger gegen ihren Fortpflanzungstrieb ankämpfen, und tas kann ich sogar verstehen. Aber ich will sie zurückerobern. Um jeden Preis. Und tarum werde ich tir tas Baby nicht geben. Tir nicht und ten Möwen nicht! Und wenn ich tafür mein Leben lassen muss.« Mit breit ausgestellten Gräten und schützend ausgebreiteten Flügeln bleibt er vor der Hecke stehen, unter der das Knubbelchen sogar den lautstarken Kampf verschlafen hat.

Es ist totenstill. Selbst der kräftige Schauer hat endlich nach-gelassen, nur die an den Blättern hängen gebliebenen Tropfen klopfen den Rhythmus des Regens weiter.

»Bin ich hier richtig?«, höre ich in diesem Augenblick eine Stimme rufen und richte den Blick gen Himmel. Über uns schwebt unser tropfnasser Scheff Adee. »Findet hier der Kampf statt? Frau Spatz, Ahoi, wo seid ihr?« Er sieht mich nicht, obwohl er direkt auf uns runterschaut. Dabei fällt ihm die Thunfischdose, ich meine, sein Helm vom Kopf und dem Kalifen zwischen die Gräten.

Der hat nur den Aufprall gehört, stakst rückwärts, fällt über die Dose, strauchelt, reißt dabei einen anderen Storch um – und das Dominospiel ist nicht mehr zu stoppen.

Wow, das ging schnell. Kein Storch steht mehr aufrecht, eine Linie aus Kurven und Schleifen durchzieht den Park. Die schwarz-weiße Sortierung sieht am Ende sogar ganz gut aus.

»Hey, cool, können wir das noch mal machen?«, rufe ich begeistert.

Ähm, stopp, so war das nicht gemeint. Leute, das war ein Scheeerz ...

Verdammt, die Störche geben nicht auf – wir aber auch nicht.

Dieses Mal gewinnen wir den Oberflügel, denn auch die Spatzenarmee will ihre Schmach nicht auf sich sitzen lassen. Federn fliegen, Schnäbel krachen, und nach einer Weile ist ein Storch nach dem anderen von den wendigen und unaufhörlichen Angriffen dieser kleinen Kugelblitze so geschwächt, dass er das Weite sucht und davonfliegt.

Je weniger Störche es sind, desto einfacher wird es für die tapferen Krieger von Frau Spatz.

Ein letzter Formationsangriff, und die noch verbliebenen drei Langgräter nehmen Reißaus.

Jetzt sind nur noch Klapper und der Kalif übrig. Ich wechsle Blicke mit meinen Mordsmöwen.

Bevor die beiden Störche die Situation richtig erfassen können, haben sie uns Möwen am Hals. Buchstäblich.

Jonathan hält Klapper umklammert, und Alki hat sich den Kalifen vorgenommen. Keinem von beiden hätte ich das zugetraut. Sie halten sich eisern an den Hälsen fest, obwohl sich die Störche wie wild wehren. Harry, Balthasar und ich beißen den Störchen in die Beine, und dann passiert es.

Alki kann sich nicht mehr halten, fliegt im hohen Bogen runter. Und ehe einer von uns etwas dagegen tun kann, versetzt ihm der Kalif einen gezielten Schnabelstoß.

»Aaalki«, schreie ich. Doch Alki bewegt sich nicht mehr. Blut fließt aus der Wunde an seinem Hals.

Wir sind alle wie gelähmt. Auch Klapper rührt sich nicht mehr, obwohl Jonathan noch an seinem Hals hängt.

Der Kalif kommt auf uns zu. »So, und jetzt seid ihr dran. Ich werde euch alle erledigen, denn das Baby ist meins!«

Wir sind noch vollkommen durcheinander, bringen uns aber in Angriffsstellung. Da breitet Klapper seine Flügel aus und hält uns zurück. »Lasst mich tas machen.« Mit einem traurigen Blick auf Alki fügt er hinzu: »Tas bin ich ihm schuldig. Ich stehe jetzt auf eurer Seite.«

Klapper schreitet zum Duell. Er und der Kalif umkreisen sich mit gesenkten Schnäbeln und pumpen dabei mit den Flügeln. Wer wird als Erster angreifen? Es ist Klapper, und sein Gegner pariert den Angriff mit erhobenem Schnabel.

Keiner lässt den anderen zum Stoß kommen, sie scheinen gleich stark zu sein, doch jetzt wird Klapper zurückgedrängt, kommt ins Straucheln, und der Kalif trifft ihn am Brustkorb.

Klapper knickt mit einem Schmerzenslaut ein und erhält noch einen Hieb in die Flanke. Der Kalif hat die empfindlichste Stelle getroffen. Klapper keucht. Kaum hat er den Kopf ein wenig erhoben, erwischt ihn die gegnerische Schnabelspitze im Gesicht, knapp unter dem Auge.

Mit einem Aufschrei setzt Klapper zur Gegenwehr an. Er holt aus und sticht seinen Schnabelspeer dem Kalifen in die Kehle. Ein letzter, markerschütternder Laut, und der große Storchenanführer sinkt leblos zu Boden.

Ein kurzer Moment des Begreifens. Dann steht Klapper auf und läuft zu Alki hinüber. Wir ihm hinterher. Frau Spatz hat schon die ganze Zeit neben ihrem Möwenmann gesessen und streichelt mit dem Schnabel über seine Stirn.

»Tas sieht nicht gut aus«, sagt Klapper mit belegter Stimme.

Ich lege meinen Flügel auf Alkis Brustkorb. Er atmet, aber nur ganz flach. Mein Freund hat zu viel Blut verloren.

»Komm schon, Junge.« Ich stupse ihn vorsichtig an. »Du darfst jetzt nicht sterben. Was sollen wir denn ohne dich machen?«

»Klapper ...«, kommt es kaum vernehmbar aus Alkis Schnabel. Den Kopf kann er schon nicht mehr heben, und er hält die Augen geschlossen.

Ich trete zurück. Verflucht, tut das weh, meinen Kumpel zu verlieren.

Klapper beugt sich zu Alki hinunter. »Ich bin ta.«

»Bring ... das Baby ... richtigen Eltern. Mein ... letzter Wunsch.«

Ich will nicht wahrhaben, was hier gerade passiert. »Aber Alki, du musst mitkommen. Ohne dich bringen wir das Baby nicht zurück.«

»Lasst mich ... liegen ... sterben. Geht!« Das letzte Wort kam mit einem solchen Nachdruck aus ihm heraus, dass wir zurückweichen. Mit letzter Kraft schiebt er seinen Flügel über den Boden zu Frau Spatz. »Du auch ... möchte allein sein ... immer geliebt ... wir sehen ... uns wieder. Irgendwann.« Er gibt ihr einen sanften Stups in unsere Richtung, dann sinkt sein Flügel auf sein Gesicht herab.

NEUNZEHN

Wortlos nimmt Klapper das Bündel auf und wartet, bis unser Scheff Adee seine Thunfischdose, Verzeihung, seinen Helm wieder auf dem Kopf hat. Harry hat wegen der Stichverletzung in seiner Brust etwas Mühe mit dem Start, und meine Flügel sind bleischwer, so traurig bin ich.

Ich mag gar nicht zurückschauen, weil ich den Anblick nicht ertragen kann. Er war mein Kumpel, mein Freund, ein Mitglied unserer Bande – auch wenn er mir manchmal das Leben schwer gemacht hat. Sobald das Baby bei seinen Eltern ist, werde ich für ein würdiges Begräbnis sorgen.

Ich bedeute Frau Spatz, dass sie sich während des Fluges auf meinen Rücken setzen soll, doch sie schüttelt den Kopf und bleibt tapfer flügelschlagend an meiner Seite, während ihre Spatzenfreunde geschlossen und mit ernsten Mienen abrücken.

Ich fühle mich schlecht, weil ich so dumm war, Adebar Klapper in den Hinterhalt zu folgen. Meine Schnabelprellung lässt sich mit einem Algenverband heilen, und die paar Federn, die ich lassen musste, kann ich mir wieder anzwicken lassen. Alki jedoch wird nicht wieder lebendig werden.

Das Bündel in Klappers Schnabel beginnt sich zu bewegen, und ein paar unzufriedene Laute sind zu hören.

»Wo müschen wir tenn hin?«, fragt Klapper und stößt dabei mit der Zunge gegen den Knoten im Tuch. Zudem hat er Mühe, die Schwingungen des Beutels in den Griff zu bekommen. Sein Kurvenflug macht den Eindruck, als würde das Baby mit ihm fliegen und nicht umgekehrt.

»Die Eltern wohnen irgendwo in Hörnum, vermutlich. Den Vater des Babys kennen wir, ebenso wissen wir, wie sein Auto aussieht. Wir müssen suchen.«

»Das Baby braucht jetzt erst mal was zu essen und eine frische Windel«, piepst Frau Spatz entschieden, und das einsetzende Geschrei aus dem Inneren des Tuches bestätigt mich in meiner Überlegung, erst noch eine Zwischenlandung bei meinem Nest einzulegen.

»Achtung, Gegenverkehr!«, brüllt Jonathan unserem Scheff Adee zu, der eine Luftschicht tiefer fast einen Unfall gebaut hätte.

»Ich hab den Spatz gesehen, keine Sorge, der soll selber aufpassen!«

Spatz? Das war ein ganzer Entenschwarm. Das hätte böse für unseren Scheff Adee ausgehen können.

Es wäre allerdings vergebliche Liebesmüh, Baron Silver de Luft in seiner Sichtweise korrigieren zu wollen – und das in doppelter Hinsicht. Die bessere Idee ist wohl, ihn ebenfalls zum Nest zu bringen, dort kann ihm nichts passieren.

Frau Spatz wird langsamer, je näher wir meinem Zuhause kommen, und ich biete ihr abermals an, sich auf meinen Rücken zu setzen.

»Nein, das ist es nicht«, sagt sie. »Ich kann meinen Adalbert nicht da liegen lassen. Ich kann es einfach nicht. Ich habe Angst, dass ihn sich ein Raubvogel greift, noch ehe ich meinen Liebsten beerdigen kann.«

Natürlich ist ihre Sorge begründet, und ich zögere keinen weiteren Flügelschlag. »Weißt du, ob er eine Seebestattung haben wollte?«

»Nein, er wollte immer in der trockenen Erde liegen, am liebsten auf dem Keitumer Friedhof, im hinteren Teil, wo noch viel Platz ist. Unter dem Baum liegt auch sein Vater begraben.«

»Dann sollten wir ihm diesen Wunsch erfüllen.«

Harry und Jonathan erklären sich sofort bereit, mit Frau Spatz zurückzufliegen, und wir verabreden uns auf dem Kirchturm von Sankt Severin, sobald wir das Baby zu seinen Eltern gebracht haben. Das Knubbelchen stößt mittlerweile markerschütternde Schreie aus – es wird Zeit, dass wir bei Futter und Windeln landen.

»Boah, ist das ein Act mit diesem Baby ... ich will später

bestimmt nie Kinder haben«, motzt Grey, der so wenig mit einer Beerdigung wie mit einem Baby zu tun haben will, und fliegt vor lauter Ich-weiß-nicht-wohin-mit-meiner-Energie ein paar Loopings.

»Da«, ruft Balthasar und zeigt hinunter auf die Straße, die von Wenningstedt in einem Kreisverkehr nach Braderup übergeht. »Da ist so ein schwarzes Auto, wie du es beschrieben hast – von diesem Peter Lorenzen!«

Ich schüttle den Kopf. »Davon gibt es so viele«, brülle ich gegen die Hungerschreie des Babys an. »Das wäre schon ein ziemlicher Zufall.«

»Ich fliege trotzdem nachsehen«, ruft Balthasar, und Grey leitet ebenfalls den Kurvenflug ein, weil ihm diese Aktion noch am meisten Abenteuer zu versprechen scheint.

»Ihr könnt mich doch nicht mit Klapper, dem Baby und unserem Scheff ...«

Den Rest hören sie schon nicht mehr. Vielleicht sollte ich doch mal eines dieser Schnepfenseminare für Führungskräfte besuchen, auch wenn ich diese Investition bislang immer für über Bord geworfene Heringe gehalten habe.

Als mein Nest in Sicht kommt, rufe ich Baron Silver de Luft zu: »Landefahrwerk ausklappen und bremsen, breeeeemsseeennn!«

Und tatsächlich, er landet punktgenau. Punktgenau auf meinem Nest – und auf einem Kuckuck.

Was sucht der denn hier?

Diese Frage ist aber schon im nächsten Augenblick zweitrangig.

Meine Suzette ist wieder da! Sie steht da und wartet auf mich. Große Güte! Juhu!

»Ist dir etwas passiert, Suzette? Alles in Ordnung? Wie schön, dass du wieder da bist.« Ich will sie in den Flügel nehmen, doch sie zieht sich zurück.

»Ja, auch schön, dass du da bist, Ahoi. Dann kannst du mir nämlich ein paar Fragen beantworten. Eigentlich bin ich gekommen, um mit dir über eine Rückkehr zu sprechen, weil ich dachte, das Baby sei wieder bei seinen Eltern. Warum sitzt dieser Kuckuck wie festgeklebt auf deinem Nest, warum ist das Baby immer noch da, und warum riskierst du bei einem Kampf alle Federn, wo du doch bald Vater wirst?«

Puh, warum müssen Weibchen eigentlich immer so viele Fragen stellen und uns Möweriche damit in Erklärungsnot bringen?

Was den Kuckuck in meinem Nest angeht, kommt die Heringsbank angesichts der Abrissverfügung einige Stunden bis Tage zu spät, doch so kann ich das meiner Suzette auch nicht darlegen.

»Der Kuckuck hat einen Vogel, das kläre ich gleich, und ich habe nur einen kleinen Unfall gehabt und dabei ein paar Federn verloren, du weißt doch, was für ein Tollpatsch ich manchmal sein kann.« Ich mache noch einen Versuch, sie in den Flügel zu nehmen.

»Und auch, was für ein Lügner du sein kannst! Die Spatzen pfeifen es doch schon von den Dächern, dass du dich wegen dieses Menschendings mit einer Horde wild gewordener Störche angelegt hast. Bist du denn wahnsinnig? Außerdem scheinst du nicht einen Hering mehr auf der Bank zu haben.«

»Suzette, lass mich doch erklären.«

»Es ist alles gesagt. Ich bin so enttäuscht von dir, dass du mich auch noch angelogen hast. Ich muss jetzt zurück, Mogulis hat eine Eiersitterin für mich organisiert, die wartet schon auf mich. Und komm bloß nicht auf die Idee, mir nachzufliegen!«

»Aber Suzette ...« Ich setze zum Abflug an, weil ich es nicht ertragen kann, dass sie mich als Lügner ansieht, wo ich es doch nur aus der Not heraus gemacht habe – doch Klapper hält mich zurück.

»Mach es nicht noch schlimmer. Lass sie zur Ruhe kommen. Wir kümmern uns jetzt tarum, tass tas Baby nach Hause kommt.«

»Du hast es schon gefüttert und gewickelt?« Mir bleibt vor Staunen der Schnabel offen stehen.

»Na klar, war toch alles hier. Und ein bisschen habe ich im Storchenunterricht tann toch aufgepasst.«

Gerade als wir uns auf den Weg machen wollen, kommt Jonathan angeflogen. Im Schusstempo. Er bremst mit nach vorne gestreckten Beinen, und seine Fersen graben sich tief in den Sand. Es dauert einen Moment, bis er genug Luft hat, um ein verständliches Wort rauszubekommen. »Wir sind zu spät gekommen, Alki ist Opfer eines Raubvogels geworden oder in Menschenhand gefallen. Als wir ankamen, war der Park von allen Federn gesäubert.«

Zum Glück muss Suzette das nicht mehr mit anhören. »Beim heiligen Albatros, wie grauenvoll.«

»Es gibt noch mehr zu berichten: Balthasar ist mit Grey zu uns gestoßen, weil der schwarze Wagen die beiden direkt nach Keitum geführt hat. Bei dem Fahrer handelte es sich tatsächlich um diesen Peter Lorenzen, den Vater des Babys. Wir konnten beobachten, wie er bei der Sankt-Severin-Kirche einen Umschlag im Inneren des Menschen abgelegt hat.«

»Worin bitte?«

»Na, in dieser … wie heißt das? Dieser Standtute mit dem Mantel. Komm mit. Balthasar sagt, das sei Lösegeld und es würde bestimmt nicht lange dauern, bis der Entführer kommt, um es abzuholen − logischerweise nicht im erwarteten Austausch gegen das Baby. Wir müssen uns auf die Lauer legen.«

»So können wir gleich zwei Fliegen mit einer Klapper schlagen«, ruft Adebar Klapper erfreut.

Baron Silver de Luft formt einen Flügel zur Ohrmuschel. »Wo findet ein Kampf statt?«

Ich verdrehe die Augen. »Alles gut, Scheff Adee. Wir sprachen gerade nur über die vielen Fliegen, die es diesen Sommer gibt.« Zu Klapper sage ich: »Du wartest hier mit dem Baby − alles andere wäre viel zu gefährlich. Und du, Jonathan, bleibst bitte auch hier und passt auf ihn auf.«

Mein Blick ist dabei zwar auf unseren Scheff Adee gerichtet, aber Jonathan weiß sofort, wer eigentlich gemeint ist. Er nickt mir zu. Bevor ich abhebe, schaue ich ihn noch einmal ernst an. »Ich verlasse mich auf dich.«

★★★

Auf dem Kirchturm aus roten Backsteinen sitzen meine Freunde nebeneinander auf dem Satteldach und erwarten mich schon ungeduldig.

Wobei Grey von seinem Vater immer wieder ermahnt wird, nicht so laut zu reden, während sein Sohn genau das Gegenteil davon macht. Schließlich sei es Quatsch, leise zu sein, da die Menschen uns ja nicht verstehen, und somit könnten wir uns auch nicht verraten.

Das sieht Balthasar natürlich vollkommen anders und gerät mit dem ungläubigen Jungvogel in Streit.

Frau Spatz sitzt etwas abseits des Geschehens, mit Blick Richtung Norden, wo am Fuße der Kirche der Friedhof beginnt und wo Alki hätte beerdigt werden sollen.

Es tut weh, sie so traurig zu sehen, und ich fühle mich schuldig an allem. Dabei wollte ich doch einfach nur das Baby zurück zu seinen Eltern bringen.

Warum kann mir nicht der heilige Albatros die Richtung weisen? Was nutzt mir von hier oben die weite Sicht bis zum Südzipfel der Insel und hinauf nach List, wenn ich den Weg vor mir nicht mehr sehe?

Im Westen färbt die Sonne die übrig gebliebenen Regenwolken glutrot. Wieder geht ein Tag zu Ende, an dem wir das Baby nicht zurückbringen konnten, ein Tag, an dem einer von uns sogar sein Leben lassen musste.

Immerhin wird mir beim Blick in den Kirchhof klar, was Jonathan mit der Standtute gemeint hat.

In der Nähe des südlichen Eingangs befindet sich eine menschengroße Skulptur, eine dunkle, gebeugt sitzende Gestalt.

Sie ist in einen Umhang gehüllt, der vorne einen Spalt offen steht. Das Gesicht und den Körper versuche ich vergeblich zu erkennen. Ich schaue in eine leere Hülle, in ein schwarzes Nichts.

Und darin soll das Lösegeld versteckt sein? Ob Balthasar sich da nicht ein bisschen zu viel zusammenreimt? Nicht dass wir hier ewig sitzen und auf einen Entführer warten.

Während meine drei Möwen-Kumpels weiter miteinander streiten, lande ich vor der Gestalt. Diese Leere unter dem dunkelgrünlichen Umhang wirkt ganz schön gespenstisch, ich muss mir selbst Mut zureden und mich beschwören, dass da kein Lebender druntersitzt und im Inneren wirklich nichts ist außer dem Umschlag, von dem Balthasar sprach.

Ich zwänge mich durch den Spalt, durch den eine Menschenhand – oder eine Möwe – gerade so hindurchpasst.

Drinnen sehe ich nicht den eigenen Flügel vor Augen und taste mich mit dem Schnabel über den Steinboden, stoße dabei gegen Wände, drehe und wende mich und finde – nichts. Was hat das zu bedeuten? Und wo ist jetzt der Ausgang? Die Sonne ist mittlerweile untergegangen, und draußen ist es jetzt so finster wie hier drin.

Das ging aber schnell, wenigstens einen Lichtschimmer müsste ich doch noch erkennen.

Verflucht! Was hat Balthasar da nur geträumt?

Ich will gerade um Hilfe rufen, da bleibt mir der Schrei in der Kehle stecken.

Etwas hat zuerst meinen Körper gestreift und dann mein Hinterteil gegriffen. Eine menschliche Pranke.

Ich schnelle herum und beiße zu.

Draußen werden Schmerzensschreie und Flüche laut. Dann höre ich über dem Geschrei eine männliche Stimme.

Keuchend und fassungslos.

»Du bist das? *Du* hast meinen Sohn entführt?«

»Keinen Schritt weiter, Peter Lorenzen, ich habe eine Waffe. Wo ist das verdammte Geld?«

»Wo ist Jonas? Bist du völlig durchgeknallt, einfach mein Baby zu entführen?«

»Keinen Schritt, habe ich gesagt. Gib die fünfzehntausend Euro her. Die gehören ohnehin mir, wenn du dich vielleicht mal erinnern magst. Ich habe es lange im Guten versucht, aber anders kapierst du es ja nicht. Ich brauche die verdammte Kohle, die ich dir vor eineinhalb Jahren geliehen habe. Und zwar bevor Caro merkt, dass ich weder die Hochzeit noch die Flitterwochen bezahlen kann, weil ich meinen Job verloren habe!«

»Verflucht, Ole! Ich habe das Geld da reingelegt, schau doch nach. Wo ist Jonas? Was hast du mit ihm gemacht?«

»Da ist keine Kohle drin. Mir hat stattdessen irgendein verdammtes Vieh fast den Finger abgebissen. Du wolltest mich verarschen! Bleib stehen!«

Ein Schuss fällt.

Ich höre eilige Schritte und die Schreie meiner Freunde, die nach mir rufen.

Das bietet mir Orientierung genug, um mich endlich aus meinem unfreiwilligen Versteck zu zwängen. Peter Lorenzen liegt unweit von mir von einer Kugel niedergestreckt auf dem Weg, und meine Kumpels jagen Ole, dem Entführer, nach.

»Die Rechnung hat er ohne uns gemacht«, ruft mir Balthasar zu, der gerade einen Angriff auf Oles Nacken fliegt.

Frau Spatz nimmt sich mit Schnabelpiksern Stirn und Ohren des Entführers vor, und Grey bringt seinen Schnabel an dessen Hinterteil zum Einsatz, um etwas Tempo in die Sache zu bringen. Ole rennt, so schnell ihn die Beine tragen.

Nur Harry hält sich raus, weil er den Schnabel voll hat. Nicht im übertragenen Sinne, sondern wörtlich.

»Wie kommt Harry denn an den Umschlag?«, frage ich.

»Glaubst du, ich wollte riskieren, dass der Entführer die Heringe in die Finger kriegt?«, fragt Balthasar. »Natürlich habe ich das Lösegeld gleich aus dem Versteck genommen. Ich hätte es dir gesagt, aber du hast mich ja nicht gefragt, plötzlich warst du verschwunden.«

»Meinst du, Peter Lorenzen lebt noch?«

»Hoffen wir es. Für diesen Ole-Entführer hier und vor allem für unser Knubbelchen.«

Unsere Schnäbel können einem Menschen ganz schön wehtun, und auf diese Weise lässt er sich schon mal gerne gezielt fünf Kilometer vor sich hertreiben. Von Keitum immer weiter die schnurgerade Straße entlang bis nach Westerland. Direkt vor die Polizeiwache.

ZWANZIG

Harry wirft Ole das Päckchen mit den Heringen vor die Füße, und im nächsten Moment geht die Tür auf.

»Ich möchte eine Tat gestehen«, keucht der Entführer und schaut sich dabei nach uns um. Wir haben uns im Vorgarten postiert und winken ihm freundlich zu. »Und darf ich bitte schnell reinkommen?«

Die Tür geht zu, noch ehe wir einen Fuß drinnen haben. Aber hallo, nicht gerade besonders nett, uns als Zeugen nicht einmal hereinzubitten. Die Polizisten denken wohl, wir seien nur irgendwelche dahergeflogenen Möwen, die nichts zu sagen hätten.

Na, dann wollen wir doch mal schauen, was dieser Ole zu erzählen hat.

Wir setzen uns vor einem gekippten Fenster auf das Fensterbrett und schauen in den hell erleuchteten großen Raum, in dem einige Schreibtische stehen. Nach einem kurzen Gespräch im Vorraum nimmt Ole, begleitet von einem Polizisten, an einem der Tische Platz. Sein Rücken ist gebeugt, seine Schultern fallen nach vorn, und der ohnehin schmächtige Mann wirkt gegenüber dem Beamten noch kleiner.

»Sie sind also Ole Christiansen, einundvierzig Jahre alt, aus Westerland, und gestehen, den kleinen Jonas Lorenzen entführt und fünfzehntausend Euro Lösegeld von den Eltern gefordert zu haben?«

»Ja, und bitte, bitte schicken Sie schnell einen Krankenwagen zum Kirchhof von Sankt Severin. Ich weiß nicht, ob ich ihn erschossen habe. Das wollte ich doch nicht, das wollte ich nicht!«

»Der Notarzt ist alarmiert, ebenso die Frau von Herrn Lorenzen. Und nun keine Umschweife: Wo ist das Baby?«

»Ich ... ich schwöre, dass ich mich um Jonas kümmern

wollte. Ich weiß nur nicht mehr, wo ich ihn abgelegt habe.
Ich weiß es wirklich nicht mehr! Großer Gott, ich war betrunken, und es war dunkel. Ich bin mit dem Boot auf der Wattenmeerseite entlanggefahren und habe im Schilf dieses große Nest gesehen. Aber ich weiß nicht mehr, wo das war. Irgendwo zwischen Kampen und Munkmarsch. Ich habe die Stelle am nächsten Tag nicht mehr wiedergefunden.«

»Sie haben den Tod des Kindes also billigend in Kauf genommen?«

Frau Spatz stupst mich an. »Ich kann nichts sehen.«

Natürlich, der Fensterrahmen verläuft oberhalb ihres Kopfes. Sofort mache ich eine Flügelleiter, damit sie auf meinen Rücken steigen kann.

Ole schlägt die Hände vors Gesicht. »Um Gottes willen, nein! Ich werde doch selbst bald Vater. Ich habe nichts geplant oder auch nur zu Ende gedacht. Ich war in großen Geldschwierigkeiten, weil mir Peter den privaten Kredit nicht wie vereinbart zurückgezahlt hat. Wir kennen uns schon seit Schulzeiten. ›Ole ohne Kohle‹ haben sie mich immer genannt, weil ich nie Taschengeld bekommen habe, und allen voran hat mich Peter Lorenzen gehänselt, weil mir meine Eltern nur gebrauchte Kleidung kaufen konnten. Es gibt eben nicht nur reiche Menschen auf der Insel. Aber meine Eltern haben immer gearbeitet, ich bin auch früh von der Schule runter, weil ich ihnen nicht länger auf der Tasche liegen wollte, und bin Gärtner geworden.«

»Und was tut das alles zur Sache? Damit müssten Sie doch ein annehmbares Auskommen gehabt haben?«

»Das hatte ich auch. Über die Jahre hatte ich sogar eine ordentliche Summe zusammengespart. Dann kam Peter und bat mich um fünfzehntausend Euro, weil er sich in Drogengeschäfte verstrickt hatte, wovon seine Frau keinesfalls erfahren durfte. Ich muss zugeben, es war eine Genugtuung für mich, dass er nun als Bittsteller vor mir stand und ich ihm Geld geben konnte. Nach einem halben Jahr sollte ich es mit zehn Prozent Zinsen wiederbekommen. Doch nichts passierte.«

»Was haben Sie gemacht?«

»Nichts. Ich habe ihn nicht bedrängt, nur ab und zu nach meinem Geld gefragt. So ging das zwei Jahre lang. Ich merkte ja, dass er nicht zahlen kann, und solange ich das Geld nicht wirklich dringend brauchte, wollte ich auch unsere Freundschaft nicht aufs Spiel setzen.«

»Das hat sich dann aber anscheinend irgendwann geändert.« Der Polizist zeigt auf den dicken braunen Umschlag, auf dem Harrys Schnabelspuren deutlich zu erkennen sind.

»Vor einem Jahr lernte ich meine heutige Frau kennen. Schon sechs Monate darauf wurde sie ungeplant schwanger. Meine Freude war groß, schlug allerdings in innere Verzweiflung um, als ich kurz vor der Hochzeit meinen Job verlor. Das wollte ich ihr in ihrem Zustand nicht sagen, und es war doch schon alles geplant, die große Hochzeit, die sie sich so sehr gewünscht hatte. Dazu Flitterwochen auf Mauritius. Unser erster und letzter Urlaub zu zweit. Nur wovon sollte ich das jetzt alles bezahlen? Noch dazu der teure Junggesellenabschied auf Kampens Whiskymeile.«

»Ich bekomme gleich Mitleid«, sagt ein Kollege am Nebentisch.

»Was weiter?«, fragt der Polizist, der Ole verhört.

»Als Peter damit prahlte, dass er sich gerade einen neuen Porsche Cayenne gekauft hat, habe ich mich in ziemlich angetrunkenem Zustand von meinem eigenen Junggesellenabschied entfernt.«

»Sie sind also betrunken nach Hörnum in die Kersig-Siedlung gefahren, um das Baby zu entführen?«

»Mach dich mal nicht so breit, Ahoi, ich will auch noch was sehen«, beschwert sich Harry. Ich rücke näher an Grey heran. Unser Jungvogel sagt ausnahmsweise mal gar nichts mehr, auch wenn er gleich vom Fenstersims fällt, und hört konzentriert zu.

Ole schüttelt energisch den Kopf. »Nein! Ich meine, ja. Betrunken bin ich gefahren, das stimmt, aber ich wollte Jonas nicht entführen, sondern Peters Frau Bini die Wahrheit sagen. Dass ihr Mann in Drogengeschäfte verstrickt ist und mir den privaten Kredit nicht zurückbezahlt. Das sollte meine Rache sein.«

»Allerdings hat sie um die Uhrzeit schon geschlafen. Und Sie sind, statt mit ihr zu reden, in das Haus im Nielsglaat eingedrungen.«

»Habt ihr gehört?«, flüstere ich. »Nielsglaat in der Kersig-Siedlung. Jetzt wissen wir, wo das Baby wohnt! In der Gegend habe ich damals auch das Auto gesucht, aber nicht gefunden.«

Ole lässt den Kopf sinken. »Das war eine Art Kurzschlussreaktion. Im Haus kenne ich mich gut aus und sah die offene Terrassentür. Ich dachte, wenn ich das Kind entführe, wird Peter das Geld, das er mir schuldet, auftreiben, und meine Probleme sind gelöst.«

»Und da sind Sie auf die Idee gekommen, mit dem Baby nach List zu Ihrem Boot zu fahren?«

»Richtig. Ich wusste nicht recht, wohin mit dem kleinen Jungen, ich hatte doch nichts geplant. Und dann habe ich dieses Nest gesehen und dachte, da wäre es für den Rest der Nacht erst einmal gut und sicher aufgehoben. Ich wollte zurückfahren, doch auf halber Strecke hatte ich einen Motorschaden. Also bin ich an Land, habe das Boot treiben lassen und bin die Listlandstraße zurück nach Kampen gelaufen, wo meine Jungs immer noch gefeiert haben. Die waren so volltrunken, dass ihnen gar nicht aufgefallen ist, wie lange ich weg war. Sie dachten, ich sei nur auf der Toilette gewesen. Am nächsten Morgen habe ich dann das Boot als gestohlen gemeldet.«

»Woher stammt die Verletzung an Ihrer Hand? Ging dem Schuss eine körperliche Auseinandersetzung mit Peter Lorenzen voraus?«

»Nein, ich habe ihn zweimal gewarnt, nicht näherzukommen. Da war ein Tier, das mich in die Hand gebissen hat.«

»Aha. Und die zahlreichen kleinen Verletzungen in Ihrem Nacken, auf der Kopfhaut und auf der Stirn?«

»Drei wild gewordene Möwen und ein Spatz haben mich von Keitum bis Westerland mit Schnabelhieben traktiert und mich hierhergetrieben.«

»So ist das also gewesen.« Der Polizeimensch macht eine gewichtige Pause und schenkt sich Kaffee nach. »Möchten Sie auch eine Tasse?«

»Nein, danke. Aber dürfte ich bitte kurz zur Toilette gehen?«

»Natürlich, mein Kollege begleitet Sie.«

»Ich kann allein gehen.«

»Sie machen nichts mehr allein, Sie sind festgenommen. Bald werden Sie eine Gefängniszelle haben, in der Sie sich die Toilette sogar teilen dürfen.«

Nachdem Ole mit seiner Begleitung den Raum verlassen hat, sagt der Polizeimensch zu seiner Kollegin gegenüber: »Drei wild gewordene Möwen, das klingt irgendwie nach drei Chinesen mit dem Kontrabass. Ob er die vielleicht auch gesehen hat?«

Die Frau greift zum Telefonhörer. »Ich glaube, wir sollten einen Psychiater hinzuziehen.«

»Gibt doch keinen auf der Insel. Hier gibt's nur Verrückte.«

Allerdings.

Wir Möwen sind die einzig Normalen auf diesem Eiland, denke ich, als wir über die Sankt-Severin-Kirche hinweg zu meinem Nest fliegen. Wenigstens wissen wir nun endlich, wo mein Problem wohnt, und wollen es schnellstmöglich dorthin bringen.

Mich treibt jedoch die Sorge um, ob das Kleine wohl ohne Vater aufwachsen muss. Eine schreckliche Vorstellung, und das alles nur wegen dieser verdammten Heringe, von denen jeder irgendwie immer mehr braucht, als er besitzt. Das kenne ich ja auch, und ich kann ziemlich gut nachfühlen, unter welchem Druck der Entführer angesichts der Hochzeit und der anstehenden Flitterwochen stand.

Ich weiß zwar nicht, was Drogengeschäfte sind, aber gut klingt das nicht. Und noch weniger gut sieht das aus, was sich gerade unter uns an der Sankt-Severin-Kirche abspielt.

Ein Polizeiwagen und noch zwei andere Autos mit Blaulicht blenden uns beim Landeanflug auf den Kirchhof. Ein Mensch hat im Scheinwerferlicht einen Schlauch an den Arm von Peter Lorenzen angeklebt und hält einen Beutel in die Höhe, ein anderer Mann hat das blutdurchtränkte Hemd geöffnet und presst dafür sauberen weißen Stoff auf die Wunde.

Ob das unserem Alki auch geholfen hätte? In Frau Spatz scheinen ebenso Bilder der Erinnerung aufzusteigen. Erstarrt bleibt sie unter einem Baum stehen und heftet ihren Blick auf eine Frau, die neben den Männern auf und ab geht, bis sie an die Seite des Verletzten darf.

»Bini ...«, flüstert Peter Lorenzen.

Mit zitternden Händen streichelt sie über seine Haare und haucht ihm einen Kuss auf die Stirn. »Durchhalten, du musst durchhalten ...«

»Egal ... wenn ich sterbe. Jonas soll leben. Weiß man ...«

»Nein, die Polizei sagt ...«

»Mein Gott, wenn Ole unseren Jungen ...« Lorenzen bäumt sich auf.

»Sie sollten sich jetzt nicht aufregen«, sagt einer der Männer und bittet Bini, beiseitezugehen.

Doch Peter Lorenzen hält die Hand seiner Frau fest. »Bini ... ich bin da in ein paar üble Geschäfte verstrickt ... Drogen ... wenn ich das hier überlebe, zeige ich mich an ... und wenn du trotzdem noch meine Frau ...«

»Darüber sprechen wir später. Ich glaube jedenfalls fest daran, dass unser Jonas noch lebt. Dann wird alles gut.«

»Wir bringen Ihren Mann jetzt in die Nordseeklinik, Frau Lorenzen. Der Rettungshubschrauber fliegt ihn dann nach Flensburg zur OP. Möchten Sie im Krankenwagen mitfahren?«

»Ja, natürlich, ich komme mit.«

Na super. Und wo bringen wir das Baby jetzt hin?

★★★

Nein, verbessere ich mich wenige Flugminuten später selbst, die Frage muss anders lauten: Wo ist das Baby hin?

Kein Klapper, kein Jonathan, kein Scheff Adee und kein Baby weit und breit. Mein Nest ist leer. Bis auf den Kuckuck, der wie festgeklebt auf meinem Nestrand sitzt. Und da ist noch einer zu viel: Mogulis. Er wartet auf mich, und über ihm kreisen fünf seiner Bodyguards.

»Wo treibst du dich denn so lange rum? Suchst du deine Heringe?«, fragt Mogulis zur Begrüßung.

»Wo ist das Baby?«, entgegne ich und bitte meine Kumpels, im Hintergrund zu bleiben. Harry juckt es sichtlich in den Federn, doch jetzt gilt es erst einmal, Ruhe zu bewahren, bis wir wissen, was los ist.

Mogulis verzieht den Schnabel. »Sehr bezeichnend, dass du nicht zuerst nach deiner Suzette fragst.«

Mir rutscht das Herz in den Flügel. »Ist etwas passiert?«

»Schöne Grüße von deiner Liebsten. Sie ist sehr enttäuscht von dir, weil du dich anscheinend mehr um ein Menschenbaby kümmerst als um dein eigenes Gelege. Und ich muss ihr recht geben.«

Ich stemme die Flügel in die Hüften. »Bist du tatsächlich gekommen, um mir das zu sagen? Mensch hin oder her, ich kann so ein hilfloses Wesen nicht einfach seinem Schicksal überlassen, indem ich es aus meinem Nest verstoße, das muss Suzette verstehen.«

»Das kann sie nicht verstehen, weil ihre Geschwister durch menschliche Möweneierdiebe ums Leben gekommen sind, ehe sie geschlüpft waren. Das sitzt tief. Sie hätte sich deine Unterstützung beim Brüten gewünscht.«

»Ich kann nicht auf zwei Hochzeiten gleichzeitig tanzen!«

»Hochzeit – das ist ein gutes Stichwort und der eigentliche Grund, warum ich hier bin. Du bist mir noch die Platzmiete schuldig für dein Fest bei der Kupferkanne. Und das Basstölpelorchester hast du auch noch nicht bezahlt, wie ich gehört habe.«

»Was geht dich das an? Ich habe im Moment keine Heringe, wie du an diesem Kuckuck unschwer erkennen kannst. Aber ich werde sicher niemandem etwas schuldig bleiben, auch dir nicht.«

»Wie viel Miete muss denn für den Platz bezahlt werden?«, mischt sich Jonathan ein.

»Neunhundert Heringe und für das Basstölpelquintett noch mal vierhundert, macht eintausenddreihundert«, rechnet Mogulis vor, und Grey pfeift im Hintergrund durch den Schnabel.

»Das bekomme ich schon hin«, sage ich zu Jonathan. Er soll sich bitte keinen Kopf wegen der Heringe machen, die ich ihm geliehen habe.

Jonathan zieht eine Feder unter dem Flügel hervor, die aussieht, als wäre es meine. »Ich war nicht bei der Bank. Obwohl ich dich danach gefragt habe, konnte ich deine sauer eingelegten Heringe nicht annehmen. Ich weiß doch, dass du selbst nicht so viele hast. Hier hast du die Feder zurück. Ich habe mir überlegt, doch lieber hierzubleiben und für dich zu arbeiten, wenn ich darf. Wenn ich dann von meinen Artgenossen gehänselt werde, weil sich im Fluge herumspricht, dass ich vom anderen Ufer komme, ist das eben so.«

Dankbar überreiche ich Mogulis die Feder. »Tausendfünfhundert Heringe. Was übrig bleibt, nehmen Sie bitte für das Mietnest von Suzette und als Kostendeckung für die Eiersitterin. Ich werde Ihnen nicht eine einzige Gräte schuldig bleiben und auch garantiert keine großmütigen Geschenke annehmen, die mich in Abhängigkeit von einer überheblichen Möwe bringen.«

»Wenn Sie mich so sehen, schade. Aber gut, ich bin immer für offene und klare Verhältnisse.«

»Ja, und hinter meinem Rücken wetzen Sie Ihren Schnabel. Ich kenne Sie doch.«

Mogulis zupft sich ein nicht vorhandenes Ungeziefer aus seinem Gefieder. »Was willst du Böses über mich sagen, Ahoi? Ich habe deine Fluglizenz gerettet und wollte dir sogar die einhundert Heringe Tagesmiete für das Nest erlassen, in dem Suzette gerade brütet.«

»Wir sind immer noch per Sie. Und Suzette wird nicht mehr lange …«

»Das ist allerdings wahr. Sie wird bald in meine Villa Nest ziehen. Wir sind verlobt.«

»Wie bitte?« Ich habe plötzlich das Gefühl, auf Treibsand zu stehen.

»Ich habe dir doch gerade gesagt, dass ich für klare Verhältnisse bin. Suzette hat meinem Antrag zugestimmt.«

Dieser Schlag sitzt gewaltiger als jeder Storchenhieb und trifft mich mitten ins Herz.

»Und wehe, du lässt Suzette und mich nicht in Ruhe.« Mogulis stellt seine Flügel zu einer eindrucksvollen Drohgebärde auf. »Mit den Krebsnikern habe ich für morgen Mittag einen Termin zur Ringtrennung vereinbart. Das sollte bei dem billigen Material für die Krebszangen kein Problem sein, und die Trennung dürfte ziemlich glatt ablaufen. Ich gehe davon aus, dass du dich dem nicht in den Weg stellen wirst. Deine Küken kannst du jedes zweite Wochenende sehen, ich bin ja schließlich keine Drecksmöwe.«

Ich brauche einen Moment, um mich zu fassen. Das geht alles viel zu schnell, als dass ich irgendetwas von dem Gesagten realisieren, geschweige denn verarbeiten könnte, obwohl ich eine solche Entwicklung längst befürchtet habe. Nun vergesse auch ich das Siezen. »Wenn du mir schon alles wegnimmst, hast du dir dann wenigstens auch das Baby unter den Schnabel gerissen?«

»Warum bist du so zyankalisch?«, fragt Mogulis. »So spielt nun mal das Leben, der Stärkere gewinnt.«

»Zyanotisch heißt das«, wirft Balthasar ein. »Und ich glaube, dein Problem krabbelt da vorne durch das Schilf und spielt Verstecken mit Jonathan und Herrn Adebar.«

Ich schaue in die angegebene Richtung, wo sich die Halme bewegen und ein Storchenschnabel bis zehn klappert. Ich habe also wenigstens mein Problem wieder – darüber bin ich jetzt fast ein bisschen froh. Und Mogulis bin ich endlich los, denn der macht mit meiner Feder im Schnabel den Abflug.

Ich darf nur nicht daran denken, dass er bei meiner Suzette landet. Aber so einfach werde ich unsere Liebe nicht aufgeben – da ist das letzte Wort noch nicht geschnäbelt.

Meine Aufmerksamkeit wird von Harry in Anspruch genommen. Der ist mit einem Mal muschelkalkweiß um den Schnabel und starrt an mir vorbei, als ob er ein Gespenst gesehen hätte. »Heiliger Albatros und bei allen vier Winden, das gibt es doch nicht.«

Ich drehe mich um.

Da tapst Alki am Strand entlang auf uns zu. Langsam, aber auf seinen eigenen zwei Beinen. »Du lebst!«, rufe ich, und wir stürmen auf ihn zu. Allen voran Frau Spatz.

Sein rechter Flügel schleift wie ein Anhängsel über den Sand, und um den Bauch herum trägt er einen Verband, doch er lächelt. »Mein Spätzchen«, seufzt er und schmiegt seinen Schnabel an ihren.

»Wie kommst du denn hierher?«, fragt Frau Spatz perplex.

»Zu Fuß«, entgegnet Alki, und in seinen müden Augen blitzt der Schalk auf. »Ein Mann hat mich im Park gefunden, in eine Decke eingewickelt und mich zu einer Frau mit einem weißen Kittel gebracht, die mir eine Spritze gab, meine Wunde sauber machte und mir diese schicke Bauchbinde verpasst hat. Eine Zeit lang haben sie mich in einen Käfig gelegt und mich beobachtet. Doch als sie gesehen haben, dass ich gehen wollte, durfte ich raus. Zuerst haben sie mir aber noch zu essen und zu trinken gegeben. Dieses Körnerfutter schmeckte zwar nicht so prickelnd, aber das ist ja auch keine Crêpes-Bude, und insgesamt muss ich sagen, dass Menschen doch manchmal ziemlich nett sein können. Nur mein Flügel wird wohl leider unbrauchbar bleiben.«

Frau Spatz weicht nicht mehr von der Seite ihres Mannes. »Und ich dachte schon, ich könnte dich nicht mal beerdigen und müsste wieder als Dreckspatz auf dem Bahnhof arbeiten. Meine Güte, was bin ich glücklich!«

»Mein süßes Spätzchen … Ab sofort werde ich jegliches Weinglas wie Luft behandeln, über den Dingen schweben und in keine Torte mehr springen. Du kannst mich beim Wort nehmen. Mein Leben ist mir viel zu viel wert. Ich habe kapiert, wie schnell es vorbei sein kann. Und unsere Liebe ist ohnehin das Wertvollste für mich.«

Die beiden schnäbeln miteinander, dass mir ganz warm ums Herz wird.

»Boah, ist das eklig, die küssen mit Zunge!«, ruft Grey und erntet dafür von seinem Vater eins mit dem Flügel.

»Du hast ja keine Ahnung, wie schön die Liebe sein kann«, seufzt Harry und schaut sehnsüchtig.

Jetzt kapiert auch Grey, dass sein Vater ebenfalls gern mal wieder eine Partnerin an seiner Seite hätte, und senkt den Kopf.

Aber irgendwann muss mit der Schnäbelei auch mal gut sein, denke ich, schließlich haben wir noch eine Mission zu erfüllen. »Wer bringt mit Klapper und mir zusammen das Baby zur Klinik?«, frage ich laut.

»Ich!«, schallt es fünfstimmig zurück. Harry und Grey, Balthasar, Frau Spatz und Alki sind sofort an meiner Seite.

Dann müssen wir also mal das Versteckspiel im Schilf unterbrechen.

Unseren Scheff Adee finde ich als Ersten, weil der am lautesten schreit.

»Wo seid ihr denn? Haaalloooo?« Er läuft zwischen den Beinen von Klapper durch, dass der sich vor Lachen den Schnabel hält, und das Baby krabbelt unserem Ex-Scheff hinterher.

Als es ihn eingeholt hat, patscht es ihm auf den Rücken.

»He!«, ruft Baron Silver de Luft und dreht sich um. »Jonathan, du hast das Spiel nicht verstanden. Ich muss *dich* suchen und abklatschen, nicht umgekehrt.«

»Ich bin doch hier in meinem Versteck«, ruft Jonathan irgendwo zwischen Schilfhalmen hervor.

»Und jetzt verrätst du dich auch noch!«

»Aber ich habe doch …«

»Wenn ich das Spiel mal unterbrechen dürfte«, sage ich. »Wir haben den Entführer geschnappt, es war dieser Ole aus Wenningstedt. Er hat auf den Vater des Babys geschossen …«

»Entführung, Schießerei?«, kreischt Scheff Adee und rennt ins Schilf, um sich zu verstecken.

Jonathan und Klapper schauen mich mit großen Augen an.

»Ich erzähle euch alles, wenn wir mehr Zeit haben. Das Knubbelchen heißt übrigens Jonas. Jetzt gilt es, den kleinen Mann zur Nordseeklinik zu fliegen. Weißt du, wo das ist, Klapper?«

»Nein, keine Ahnung. Nie ta gewesen.«

Balthasar runzelt die Federn. »Warum wissen Sie das nicht, Herr Adebar?«

»Klapper ist mein Name. Adebar Klapper.«

»Das weiß ich doch, Herr Adebar. Aber warum kennen Sie nicht die Klinik im Norden von Westerland, das Gebäude, in dem bis vor wenigen Jahren noch die menschlichen Babys geboren wurden?«

»Weil ein Storch tie Babys bringt, was glauben Sie tenn?«

»Ich glaube«, sagt Grey, »der Storch erzählt uns Märchen.«

»Es ist wahr, was ich sage! Nur tie Menschen glauben tas nicht. Noch tazu haben wir seit geraumer Zeit ein ganz gewaltiges Problem, weil alle Frauen, tie auf tieser Insel ein Baby bekommen wollen, aufs Festland gehen müssen, und tas ist nicht unser Auslieferungsbezirk.«

»Es gibt da noch ein Problem …«, sagt Alki.

Mir wird ganz anders. Bitte nicht noch ein Baby in meinem Nest.

Alki senkt den Kopf und stochert mit dem Schnabel im Boden herum. »Ich kann nicht mehr fliegen und würde so gern mitkommen.«

»Aber tas ist toch kein Problem«, sagt Klapper und hebt Alki kurzerhand auf seinen Rücken. Von dessen lautstarken Protesten lässt er sich gar nicht beeindrucken und ergänzt nur: »So macht man tas in einem Team. Hab ich von tir gelernt.«

»Und was ist mit mir?«, fragt Scheff Adee. »Ihr könnt mich doch nicht schon wieder hier allein …«

Ich rupfe einen Schilfhalm aus und halte ihm ein Ende vor den Schnabel. »Halten Sie sich an dem Abschleppseil fest.«

»Ich bin vielleicht alt, aber noch nicht flügellahm!«

»Natürlich nicht, Scheff Adee, aber es ist dunkel. Es ist doch nur zu Ihrer eigenen Sicherheit.«

EINUNDZWANZIG

Das lang gezogene, einstöckige alte Klinikgebäude mit rotbrauner Fassade hat zwar schon den Zweiten Möwenkrieg unbeschadet überstanden – doch angesichts der Ereignisse der vergangenen Tage halte ich es für mindestens genauso bemerkenswert, dass wir ohne weitere Zwischenfälle allesamt heil das Gelände erreicht haben und jetzt auf dem beleuchteten Landeplatz für Schraubhubblechvögel stehen.

Hinter einem der hell erleuchteten Fenster erspähen wir die Frau von Peter Lorenzen. Sie steht am Kopfende eines sehr schmalen, rollbaren Bettes, auf dem ihr Mann gerade für den Weitertransport mit dem Hubschrauber vorbereitet wird.

»Okay«, sage ich. »Dann wird es jetzt wohl Zeit, dass wir uns von unserem Knubbelchen verabschieden.«

Ich hasse Abschiede.

Klapper legt das Bündel auf einem Grasstreifen unweit der Hintertür ab, aus der der Verletzte gleich herausgeschoben wird.

Frau Spatz hüpft als Erste auf die Hand des Babys, das ganz still hält, als wüsste es, dass wir uns nun trennen müssen. »Hör zu, großer Mann, du warst ganz schön anstrengend, und wahrscheinlich habe ich auch nicht immer alles richtig gemacht, aber ich hoffe, du bist immer satt geworden«, piepst sie. »Es war auch sehr lustig mit dir, und ich weiß nicht, ob du dich später noch an uns erinnern kannst, aber vielleicht treffen wir uns dann mal auf ein Stück Kuchen, ich werde dich auf jeden Fall wiedererkennen und die Zeit mit dir nie vergessen.«

»Möwen vergessen auch nicht«, sagt Alki und legt seinen Flügel über seine Frau und die Hand des Babys, »und außerdem ist da noch eine Wattschlacht-Revanche fällig.«

Jonas gluckst, als hätte er verstanden, und greift nach Alkis Flügel.

»Du musst mich loslassen, mein Kleiner. Du kommst jetzt zurück zu deinen Eltern. Dort wird es dir gut gehen, ganz bestimmt. Die können auch viel besser Windeln wechseln und Brei zubereiten als wir.«

»Deine Eltern haben dich schon sehr vermisst«, sagt Balthasar ungewohnt emotional.

Unser Scheff Adee rückt seine Thunfischdose vermeintlich gerade, sodass sie erst recht schief sitzt, wirft sich in die Brust und umarmt Balthasar mit großer Geste. »Wie schade, dass du uns verlässt. Ich hätte nicht gedacht, dass ich das in meinem Leben noch erleben darf ... ich meine, erleben muss. Aber ich werde dich auch vermissen.«

Balthasar löst sich aus der Flügelumklammerung. »Sie sollten sich wirklich mal Muscheln in die Ohren einsetzen lassen, Scheff Adee.«

»Wie viel Uhr es jetzt ist? Keine Ahnung, ich habe keine Muschel dabei. Aber es ist dunkel, also ist es spät. Du weißt doch sonst immer alles besser.«

»Eben«, sagt Balthasar und wendet sich wieder dem Baby zu. »Vergiss uns nicht«, mahnt er und drückt ihm schnell seinen Schnabel an die Brust. »Lern später schön Lesen und Schreiben, das ist wichtig im Leben. Und wenn du mal Nachhilfe brauchst, musst du nur nach mir rufen, ja?«

Grey tritt von einem Bein auf das andere und weiß nicht so recht, ob er sich mit dem Schnabel oder dem Flügel verabschieden soll. Schließlich entscheidet er sich für einen freundschaftlichen Knuff mit der Schulter, bei dem Jonas anfängt zu lachen. »Ich sag dir was: Hör ab und zu mal auf deine Eltern, okay? Kann nicht schaden, Kumpel. Manchmal haben die Alten nämlich tatsächlich recht – aber natürlich nicht immer.«

»Und wenn die Eltern anfangen, schwierig zu werden, bist du mitten in der Pubertät«, sagt Harry und bietet dem Baby seinen Flügel zur High-Feder. »Aber da kommst du durch, und deine Eltern werden es auch überleben, ganz bestimmt. Mach's gut, kleiner Knochensack.«

»Geh deinen Weg, kleiner Mensch, ganz gleich, wohin er dich führt«, sagt Jonathan leise. »In der großen weiten Welt gibt es ganz schön viel zu sehen und viele Abenteuer zu erleben. Aber am schönsten ist es, wenn man ein Zuhause hat und weiß, dass man jederzeit dorthin zurückkehren kann und mit offenen Flügeln empfangen wird.«

Klapper beugt sich über die anderen hinweg zu Jonas hinunter, der sofort nach seinem Schnabel greift und kräftig daran rüttelt, als hätte er eine Rassel in der Hand. So ähnlich muss es sich jetzt wohl in Klappers Kopf anfühlen.

Vorsichtig befreit der Storch seinen Schnabel aus dem Griff der Babyhand. Dann klappert er in seiner Sprache, die nicht nur ich mittlerweile besser verstehe, auch Jonas schaut ihn mit großen Augen an und hört aufmerksam zu.

»Ich hab ziemlich Mist gebaut, aber manchmal passiert tas im Leben – weil man etwas unbedingt will, tas man nicht bekommen kann. Tank unserer Freunde hier weiß ich jetzt, tass man trotzdem immer tie Richtung ändern kann. Wenn tu teinen Fehler bemerkst, treh sofort um. Ach ja, und wenn tu in zwanzig, treißig Jahren mal ein eigenes Baby bekommst, so werde ich bis tahin zwar schon alt sein, aber falls ich noch nicht vollkommen klapprig bin, würd ich ten Säugling sehr gern an tich und teine Frau ausliefern. Vielleicht tenkst tu ja bis tahin noch an mich.«

Ein Geräusch wird am Himmel laut. Da kommt dieser blecherne Vogel, dessen Flügel sich schneller drehen, als man sie sehen kann. Von dem wird Peter Lorenzen abgeholt, und es bleibt mir nicht mehr viel Zeit, mich zu verabschieden.

Ich gehe zu dem Knubbelchen und stupse es an. »Hast mir ganz schön viel Ärger gemacht, kleines Menschenkind, aber ich hab dich trotzdem lieb gewonnen. Machs gut und versprich mir, dass du dir als Erwachsener nicht so viel Eis und Fischbrötchen aus der Hand klauen lässt, okay? Das gilt natürlich nicht, wenn *wir* Beute machen wollen, abgemacht?«

Ich drehe mich weg und wische mir unauffällig mit dem

Flügel über die Augen, damit die anderen meine Tränen nicht sehen können.

Hinter mir steigt der Geräuschpegel an, und es wird fast unerträglich laut, als der Schraubhuber zur Landung ansetzt. Mühsam unterdrücke ich den Fluchtreflex, der meine Schwingen ausbreiten will, denn ich habe noch etwas vergessen.

Ich drehe mich noch einmal zu dem Baby um. »Ich wollte dir noch was schenken, zur Erinnerung.«

Hastig durchsuche ich meinen Flügel nach meiner schönsten Schwungfeder und gebe sie dem Knubbelchen in die Hand. Seine Finger schließen sich fest darum. Da geht auch schon die Tür auf, und Jonas' Vater wird in Begleitung seiner Frau herausgeschoben. Sie sieht zu uns herüber, als wir uns in die Dunkelheit emporschwingen.

Kurz darauf höre ich ihren Freudenschrei.

ZWEIUNDZWANZIG

Am nächsten Morgen sitze ich trotz unseres Fahndungserfolges und dem glücklichen Ausgang der Geschichte in meinem Nest und lasse die Flügel hängen.

Dieser elende Kuckuck klebt weiter unbeweglich an meinem Nestrand, ganz gleich, wie oft ich schon zu ihm gesagt habe, dass er die Fliege machen soll.

Doch er führt stur den Auftrag der Heringsbank aus, weil der rechte Flügel mal wieder nicht weiß, was der linke – in diesem Fall die Behörde – tut. Heute soll die Firma Kormoran kommen, und meine Suzette ist in einem anderen Nest, bei Mogulis.

Ich hatte lange überlegt, ob ich gegen die Ringtrennung Einspruch erheben soll, schließlich waren wir keine Saisonzeit voneinander getrennt, sondern haben noch bis gestern Nest und Heringe geteilt, somit wäre das Recht auf meiner Seite gewesen. Doch was nützt mir alles Recht der Welt, wenn Suzette sich gegen unsere Liebe und für eine Möwe entschieden hat, bei der sie und unsere Küken keine Heringsprobleme und daher ein mehr als gutes Leben haben werden?

Wenigstens wird es meinen Küken an nichts mangeln, damit beruhige ich mich.

Doch das stimmt nicht ganz – eines wird ihnen fehlen: die Liebe, die ich ihnen tagtäglich gegeben hätte und die ich ihnen jetzt nur jedes zweite Wochenende geben darf.

»Also, wir würden uns dann mal verabschieden«, piepst Frau Spatz in meine Gedanken hinein.

Ich hebe den Kopf. »Wir? Ich dachte, Alki wollte wieder auf Entzug gehen?«

»Das mache ich ja auch«, sagt Alki. »Ich habe einen Tagestherapieplatz auf dem Syltshuttle bekommen. So kann meine

Frau mich jeden Tag in Westerland abholen. Ich habe ihr ganz in der Nähe des Bahnhofs eine tolle Arbeitsstelle vor einer Bäckerei besorgt.«

»Ja, besser kann ich es nicht haben. Ein ganz sauberer Laden, bei dem ich nur die Krümel zwischen den Tischen und Stühlen im Außenbereich aufpicken muss.«

»Wartet noch kurz, bevor ihr losfliegt«, ruft Balthasar und kommt hinter seiner beutefrischen Zeitung hervor. »Schaut euch mal das Foto der Woche an. Harry schaut zwar etwas gequält, und Alki, deine Zunge hängt etwas unvorteilhaft aus dem Schnabel, aber hey, ihr seid in der Zeitung!«

»Zeig her!« Wir drängen uns alle um das Blatt. Tatsächlich. Das Foto muss bei Harrys spektakulärer Rettungsaktion von einem der Touristen im Lister Hafenbecken aufgenommen worden sein.

»So will ich wirklich nie wieder aussehen«, bemerkt Alki beschämt.

»Oh Gott, ist das peinlich, mein Vater in der Zeitung«, stöhnt Grey. »Jetzt kann ich mich zwei Wochen lang auf keiner Wattparty mehr sehen lassen, ohne mir einen dummen Spruch von meinen Freunden anhören zu müssen.«

»Das sind keine Freunde«, sage ich.

»Und außerdem stecken die ihren Schnabel in keine Zeitung«, ergänzt Balthasar. »Und den Artikel hier, den muss ich euch unbedingt noch vorlesen.« Er setzt seine Brille wieder auf.

Wie im Märchen

Westerland. Das entführte Baby ist zurück – wie ein Lauffeuer verbreitete sich die Nachricht seit gestern Abend auf der Insel. Zwei Tage lang bangten Insulaner und Urlauber mit den Eltern um das Leben des sechs Monate alten Jonas aus Hörnum.

Der Entführer, ein einundvierzigjähriger arbeitsloser Gärtner aus Wenningstedt, ist ein Freund der Familie. Er hat sich selbst der

Polizei gestellt und gestanden, das Lösegeld aus finanzieller Not heraus erpresst zu haben, auch wenn die Entführung seinen Angaben nach nicht geplant war. Bei der Lösegeldübergabe auf dem Kirchhof von Sankt Severin zog der Entführer eine Waffe und schoss auf Peter L., den Vater des Kindes. Der Zweiundvierzigjährige wurde dabei schwer verletzt und nach der ersten Notversorgung mit dem Hubschrauber in eine Klinik auf dem Festland gebracht, wo er noch in der Nacht operiert wurde. Nach Angaben der Ärzte ist sein Zustand inzwischen stabil.

Über die geistige Zurechnungsfähigkeit des Entführers soll ein psychiatrisches Gutachten Auskunft geben. Seiner Schilderung nach wurde er von drei Möwen und einem Spatz von Keitum bis nach Westerland mit Schnabelhieben traktiert und vor die Polizeiwache gejagt.

Über den Ort, an dem er das Baby in der Nacht der Entführung zurückgelassen hatte, konnte der zum Tatzeitpunkt angeblich stark alkoholisierte Täter nur vage Angaben machen. Die Polizei durchkämmte daraufhin das Gebiet zwischen Kampen und Keitum und fand auf Höhe Braderup Reste einer Windelpackung, Babynahrung und eine mit Muschelstücken gefüllte Plastikflasche, die vermutlich als Spielzeug diente, zwischen hohem Schilfgras.

Dies lässt darauf schließen, dass der Täter entgegen seinen Angaben doch um das Versteck wusste und es der Polizei nicht preisgeben wollte.

Auch die Mitwirkung eines bisher noch unbekannten Mittäters muss in Erwägung gezogen werden, da sich der Beschuldigte in Polizeigewahrsam befand, als das Baby vor dem Hinterausgang der Nordseeklinik abgelegt wurde, sodass die Mutter es finden konnte.

Bei der sofortigen ärztlichen Untersuchung des Kindes konnten keinerlei Anzeichen einer Unterkühlung oder Ernährungsmangel festgestellt werden. Das Baby befand sich trotz der Umstände in außergewöhnlich guter körperlicher Verfassung.

Die Polizei bittet etwaige Zeugen, die in diesem Zusammenhang verdächtige Beobachtungen auf dem Parkplatz oder im unmittelbaren Umfeld der Nordseeklinik gemacht haben, sich bei der Kripo in Westerland oder der nächsten Polizeidienststelle zu melden. Für Hinweise, die zu einer Lösung des Falles beitragen, wird eine Belohnung von viertausend Euro ausgesetzt.

Herzerfrischend ist die spontane Äußerung der Mutter gegenüber unserer Zeitung, dass ein Storch ihr das Baby zurückgebracht habe. Wie im Märchen, könnte man nach derzeitigem Ermittlungsstand sagen. Dazu müsste man allerdings noch an den Storch glauben. So wie der Fahrer eines Pkw, der gestern in einem Wohngebiet in Kampen die Kontrolle über sein Fahrzeug verlor, weil ihm angeblich ein lebendiger Storch mit einem Bündel im Schnabel begegnet sei, der mit den Beinen in einem Gully gesteckt habe. Dem achtundsiebzigjährigen Fahrer wurde die Fahrerlaubnis entzogen. Einen ausführlichen Bericht dazu finden Sie im Innenteil.

Balthasar faltet die Zeitung zusammen. »Die Menschen sind echt unbelehrbar. Nicht zu fassen.«

»Aber wenigstens glauben jetzt zwei von ihnen wieder an den Storch, das ist doch auch ein Erfolg«, sage ich. »Wo ist eigentlich Klapper? Er wollte sich doch nur Frühstück besorgen, und jetzt ist es bald Mittag.«

»Wahrscheinlich hat er noch was zu erledigen«, sagt Harry. »Keine Sorge, ihm wird schon kein Gully zum Verhängnis geworden sein. Na ja, wir machen uns dann auch mal vom Wattboden.«

»Zieht ihr also zusammen los?«, frage ich.

»Heiliger Albatros bewahre!«, ruft Grey und stellt theatralisch die Flügel auf. »Ich nehme meine eigene Windrichtung und schicke meinem Daddy ab und zu mal eine Feder nach Morsum.«

Ich weiß, Grey meint es nicht so, und auch Harry nimmt die Äußerung seines Sohnes diesmal mit der notwendigen Gelassenheit auf. Nur eines habe ich nicht verstanden.

»Nach Morsum?« Ich kann mir Harry überall vorstellen, nur nicht in diesem beschaulichen grünen Ort am … nun ja, am äußersten Zipfel der Insel.

Harry putzt sich angelegentlich das Gefieder, wo es gar nichts zu säubern gibt. »Ähm ja. Da ist doch dieser Hühnerhof … Mir geht seit deiner Hochzeit das wilde Huhn nicht mehr aus dem Kopf. Ich würde sie gern wiedersehen.«

»Tja, wo die Liebe hinfällt«, sagt Alki und nimmt seine Frau Spatz in den Flügel. »Viel Glück für dich, und lass mal was von dir hören. Und natürlich auch du, Grey. Wir müssen jetzt aber wirklich los, sonst bekommt ein anderer meinen Therapieplatz. Gibt keine Reservierungen.« Alki hält mir den Flügel hin. »Fällt mir nicht leicht, der Abschied. Warst immer ein guter Scheff, Ahoi. Manchmal vielleicht sogar zu gut für diese Vogelwelt.«

Das kann sein, denke ich und schaue den beiden hinterher, wie sie an diesem sonnigen Tag unter blauem Himmel in Richtung Westerland fliegen. Allerdings wäre ich nicht Ahoi, wenn ich anders gehandelt hätte. So sind meine Federn nun mal gelegt, und ich kann sie nicht gegen den Wind stellen. Dass meine Liebe zu Suzette darüber ein Ende gefunden hat, muss ich akzeptieren.

Ich hab sie verloren, weil ich bin, wie ich bin. Ich kann sie nicht zwingen, bei mir zu bleiben, kann sie nur loslassen, und wenn sie mich noch liebt, dann kehrt sie eines Tages zu mir zurück.

Bald, sagt mir meine Hoffnung. Wenn sie dich überhaupt noch liebt, sagt mein Zweifel und sät dunkle Gedanken.

Um mich abzulenken, frage ich Grey: »Und wohin fliegst du?«

»Wird sich zeigen«, sagt er und kratzt mit dem Fuß über den Boden, als würde er intensiv nach einem Wattwurm suchen, obwohl er die noch nie mochte. Ich kenne Grey gut genug und weiß, dass er etwas im Schilde führt. Aber ich beiße den Schnabel zusammen und frage nicht weiter nach. Auch wenn es schwerfällt, es wird Zeit, ihm die Flügel freizugeben, damit er seine eigenen Erfahrungen machen kann.

»Ich schick dir dann noch meine neue Adresse ...«, murmle ich vor mich hin, als auch er längst weg ist und stattdessen am Himmel vier Kormorane auftauchen, die sich im Landeanflug auf mein Nest befinden. Nun ist es also so weit.

DREIUNDZWANZIG

»Moin, Firma Kormoran«, sagt der Scheff der Arbeiter mit den schwarzen Federanzügen.

»Wer kommt morgen an?«, fragt unser Scheff Adee. Um Balthasar und Jonathan mache ich mir ja keine Sorgen, doch was ich mit Baron Silver de Luft machen soll, wenn ich gleich nestlos bin, macht mich ratlos.

»Moin. Das sehe ich«, sage ich. Den strubbeligen Federn am Hinterkopf nach zu urteilen, haben die Jungs die Nacht durchgefeiert und sind gerade erst aus dem Nest gefallen. Ihre leuchtend roten Wangen verraten sie jedenfalls eindeutig als Saufschnäbel, die einem Wattwurmwhisky nicht erst nach Feierabend durchaus zugetan sind. Mir wird schon schlecht, wenn ich an das Zeug nur denke.

»W-land, achtzehnter Stock?«

Gesprächig ist der Typ mit den stechend smaragdgrünen Augen ja nicht gerade, aber mir ist auch nicht nach Geschnatter zumute. »Hab keine zehntausend Heringe.«

»Tja, dann. Männer, an die Arbeit.«

Jonathan und Balthasar wollen einschreiten, was ich ihnen hoch anrechne, doch ich halte meine Kumpels mit den Flügeln zurück. Die Kormorane haben mir ja nichts getan, die führen auch nur einen Auftrag aus, den sie von der Schnepfenbehörde erhalten haben.

Gegen diesen Bescheid gibt es keinen Widerspruch. Er ist rechtens, auch wenn nicht gerecht ist, was hier passiert. Sie hätten mir das Nest wenigstens noch bis zum Ende der Brutsaison lassen können. Dann hätte ich vielleicht noch eine Chance gehabt, meine Suzette zurückzuerobern.

»Kuck an, kuck an«, ruft der Kuckuck. Nun ist auch bei ihm die Gräte gefallen, und er hüpft beiseite. »Schade um das schöne Nest.«

»Schade um deine schönen Federn, wenn du nicht gleich den Schnabel hältst«, bricht es aus mir heraus, aber da ist er schon davongeflattert. Halm für Halm zerpflücken die Arbeiter nicht nur mein Nest, sie zerreißen mir auch das Herz. Doch ich kann mich nicht abwenden und muss wie unter Zwang zusehen, wie die Kormorane meinen ganzen in wochenlanger Arbeit erbauten Stolz im hohen Bogen ins schmutzige Watt werfen. Wobei – genauer betrachtet schuftet nur einer dieser Vögel, und drei schauen zu.

Der arbeitende Kormoran hält plötzlich mitten in der Bewegung inne. »Fofftein!«, ruft er und lässt den Halm, den er gerade im Schnabel trägt, fallen.

Fofftein? Eine Viertelstunde Pause? Jetzt? Die haben doch gerade erst angefangen. Fassungslos schaue ich den vier Kormoranen zu, wie sie sich einen Schluck aus dem Watt genehmigen und mich so lange vor den Trümmern meiner Existenz sitzen lassen.

»Fofftein?«, wiederholt unser Scheff Adee. Der hört echt nur, was er hören will. In seinen Augen entsteht ein Glanz in Erinnerung an die alten Zeiten, als er selbst noch jung war und so getan hat, als würde er arbeiten. Noch bevor ich ihn davon abhalten kann, fliegt er aufs Wattenmeer hinaus – und weil das Zusammenspiel zwischen Distanzmesser und Landefahrwerk nicht mehr klappt, landet er mit dem Hintern inmitten der Bar, an der die Kormorane gerade trinken. Die schauen fassungslos zu, wie er seinen Helm abnimmt, eine Thunfischdose voll Wattwhisky schöpft und ihn sich auf ex in den Schnabel kippt.

Unser Scheff Adee ist glücklich, und für mich kann das äußerst heiter werden.

»Ich werde hier noch wahnsinnig!«, schreie ich. Zum Glück haben Balthasar und Jonathan ein Einsehen und kümmern sich um den abgestürzten Scheff Adee, weil ich dazu im Moment wirklich nicht in der Lage bin.

Die Kormorane kehren zurück und bringen ihre Abrisstätigkeit, unterbrochen von drei weiteren Fofftein-Rufen, innerhalb einer Stunde zu Ende. Saubere Arbeit haben sie geleistet, das muss man ihnen lassen.

Kein einziger Halm liegt mehr da, und nur ein kreisrunder Fleck erinnert noch an die Stelle, wo einst mein Zuhause war – wo meine Zukunft lag. Mühsam schlucke ich den Kloß in meinem Hals hinunter und vergrabe mich unter meinen Flügeln. Ich möchte einschlafen und nie wieder aufwachen. Nie mehr atmen.

Ich kneife die Augen zu und halte die Luft an, wünsche mich an einen Ort, wo es keine abgerissenen Nester und keinen Seelenschmerz gibt, einen Ort, an dem ich mit meiner Suzette glücklich sein darf. Ich sehe ihr zartes Gesicht vor mir und ihre Flügelschwingen, mit denen sie Herzen in die Luft malen kann. Sie schmiegt sich an mich, wir küssen uns, atemlos ...

Ich reiße meinen Schnabel auf und hole tief Luft.

»Cool, seit wann machst du denn Yoga?«, fragt Jonathan, der nur den Helm aus dem Watt geholt und die Pflege unseres Scheffs Adee unserem schlauen Balthasar überlassen hat. »Kannst du mir mal ein paar Übungen zeigen?«

»Später, falls ich dann noch da bin. Ich brauche jetzt die Thunfischdose.«

Irritiert reicht mir Jonathan das geforderte Stück, und ich fliege damit hinunter an die Whiskybar. Fünf Doseninhalte später ist mir alles egal, selbst dass das Zeug nach Wattwurm schmeckt.

Hinter mir spüre ich einen Luftzug, der mich umhaut. Ungelenk rappele ich mich wieder auf. Das kann doch nicht am Alkohol gelegen haben?

Ich drehe mich um, um zu ergründen, woher die Sturmböe kam, und sehe zwei rote Schnäbel. Der eine gehört zu Klapper und der andere zu einem rassigen Storchenweibchen. Beide klappen nach der Landung ihre Flügel ein.

»Ahoi, Ahoi ... tu siehst aus, als ob tu tringend ein Ausnüchterungsbad im Hafenbecken und ein neues Nest bräuchtest. Für Letzteres könnte ich sorgen. Ich wüsste zumindest, wo eines frei ist. Hobokenweg 12, prima Aussicht und absolut geschützt.«

»Hobo... Hobokokenweg?« Meine Güte, seit wann geht mir dieses Wort denn so schwer aus dem Schnabel? Irgendwas stimmt mit meiner Zunge nicht. »Auf Deusch... Deutschlands teu... teuerster ... du weißt schon.«

»Genau. Unter ter angegebenen Adresse thront auf tem Schornstein mein großes, neu gebautes Storchennest – und tu sollst nun tort wohnen, tenn ich habe beschlossen, nach tem ganzen Trubel erst mal Urlaub in Südafrika zu machen. Zusammen mit Cassandra. Tarf ich vorstellen? Meine Liebste, tie trei Saisonzeiten auf mich gewartet hat und nach unserer Trennung nun toch zu mir zurückgekehrt ist.«

»Wie schön.« Ein bisschen sticht mich ja der Neid, aber ich freue mich wirklich für die beiden, soweit ich noch denken kann. Da hat Klapper einen tollen Fang gemacht, und Cassandra wird sich unter der Sonne des Südens sicher wohler fühlen als hier.

»Meine Cassandra wollte zuerst nichts mehr von mir wissen. Sie sagt, ich hätte niemals kriminell werden und auf tie Idee kommen türfen, ein fremdes Baby an irgendwelche Eltern auszuliefern, nur um meine Brutlizenz zu bekommen.«

Cassandra reibt sich an Klappers Schnabel. »Ja, aber dann habe ich ihm gestanden, dass ich mir zwar sehr ein Küken wünsche, aber bei dieser Kälte hier sowieso gar nicht so versessen aufs Brüten bin. Und deshalb mache ich mit meinem Klapperschatz Urlaub, wo es schön warm ist. Sein Nest ist allerdings wirklich ein Traum.«

Klappers Schnabel wird noch röter. »Na ja, ich hab mir Mühe gegeben. Wie gesagt, ist ein Neubau, mit zwei Metern Turchmesser, Laubfußbodenheizung und Top-Innenausstattung aus exklusivem englischem Rasenbelag.«

»Aha«, sage ich. Das ist so geistreich wie der Whisky, in dem mein Hirn seine Bahnen schwimmt.

»Schau's tir wenigstens mal an«, sagt Klapper, und die Enttäuschung ist ihm anzumerken, weil ich mich über sein Angebot nicht so recht freuen will.

Aber das ist es ja gar nicht. Selbst wenn ich mir sein Nest ansehen wollte – ich habe gerade irgendwie vergessen, wie man fliegt.

VIERUNDZWANZIG

Ah, so geht das. Jetzt weiß ich, wie es sich anfühlt, wenn man mit den Flügeln zwischen zwei Schnäbeln hängt. Gar nicht gut. Warum muss die Besichtigung denn sofort sein?

»Können wir bitte warten, bis es mir besser geht?«, rufe ich Klapper zu, als wir den Leuchtturm von Kampen passieren.

»Stimmt, tu solltest nüchtern sein, bevor tu tir mein Nest anschaust.«

Dem Albatros sei Dank, er hat ein Einsehen. Ich meine, ich brauche zwar dringend eine neue Bleibe – aber ich überlebe auch, wenn ich wie andere auf einem Flachdach oder in einer Hecke versteckt schlafe. So viele Füchse gibt es hier nun auch wieder nicht, und der einzige Feind, den ich kenne, heißt Mogulis.

Wir lassen Kampen hinter uns, und es geht weiter in nördliche Richtung. Unter uns liegt ein schmaler Streifen Land wie ein gelber Federstrich auf blauem Grund mit einem Klecks Grün darin, ein kleines Waldstück mit einem See in der Mitte. Die Wasseroberfläche kommt immer näher – zumindest für mich, während Klapper und Cassandra weiterfliegen.

»Hey, ihr könnt mich doch nicht einfach abwer…« Platsch.

Das war eine Arschbombe, aber anstatt dass die Enten da drüben applaudieren würden, gucken die nur blöd aus den Federn. Verstehen halt nix vom Flugsport, diese Landeier.

Dann eben nicht. Ich sortiere meine Federn, wackle mit dem Hintern, um mein Steuerruder zu prüfen, und hebe ab. Ich komme genau zwei Flügelschläge weit, dann lande ich mit einem Bauchplatscher wieder im Wasser. Das wiederum finden die Enten nun ganz schön zum Quaken, und ich tauche schnell meinen Kopf ins Wasser, als sei dieser Startabbruch Absicht gewesen, weil ich einen besonders großen Fisch gesehen habe. Bloß nicht die eigene Missstimmung zeigen.

Weiter auf die Wasseroberfläche konzentriert, schwimme ich in Richtung Ufer. Diesen Weg zu nehmen, ist vielleicht auch für meine Fluglizenz besser. Der See verengt sich, und gleichzeitig komme ich irgendwie nicht aus dem Wasser, weil rund um mich herum Netze sind.

Ach du heilige Möwenscheiße, ich bin in eine dieser Fangreusen geraten, in der Balthasar vorigen Sommer stecken geblieben ist.

Ruhig bleiben, es gibt keinen bösen Kojenwärter mehr, der am Ende der Reuse steht und mir wie den Wildenten den Hals umdreht, bete ich vor mich hin, ruhig bleiben, diese Zeiten sind vorbei, so habe ich es Balthasar auch gepredigt.

Doch der hatte immerhin mich, der ihn befreit hat. Und wie komme ich hier wieder raus? Ich soll Ruhe bewahren? Schon mal was davon gehört, dass auch Möwen Platzangst haben können?

Panik durchflutet mich, ich schlage mit den Flügeln, verfange mich dadurch im Netz – und stecke jetzt erst recht fest.

Durch den Schock werde ich etwas klarer im Kopf, doch das hilft mir auch nix. Es gibt kein Vor und kein Zurück mehr.

»Ich klaube, er ist wieder nüchtern«, höre ich einen mittlerweile sehr vertrauten Schnabelklang über mir. Noch nie war ich so froh, diesen Storch zu sehen.

Mit zwei, drei gezielten Schnabelbissen öffnet Klapper das Netz und befreit mich aus der Falle.

»Dem Himmel sei Dank«, rufe ich.

»Und mir«, sagt Klapper. »Können wir jetzt endlich ten Besichtigungstermin wahrnehmen?«

»Warum hast du es nur so eilig? Du hast doch nicht etwa einen Makler mit der Vermietung deines Nestes beauftragt?«, frage ich und zähle im Geiste meine nicht vorhandenen Heringe zusammen. Immerhin komme ich schon wieder mühelos bis zehn, danach hört es auf meinem Konto sowieso auf.

Klapper bleibt mir die Antwort schuldig und fragt stattdessen, kurz bevor wir in den Landeanflug auf den Hobokenweg gehen: »Bist tu so weit stabil?«

Von Weitem kann ich das riesige Nest schon erkennen. Er hat nicht übertrieben, die Lage ist ein Traum. Es thront auf dem Schornstein einer reetgedeckten Villa mit Blick über einen parkähnlichen Garten und auf das glitzernde Wattenmeer. Eine wunderbare Stille liegt über dem Gebiet, weit und breit keine Spur von Revierkonkurrenz, und die menschlichen Bewohner sind bestimmt nur ein oder zwei Wochen im Jahr da. Je größer ein Haus in Kampen, desto seltener sind Menschen da – eine ganz einfache Regel, die jedes Möwenkind kennt.

»Ja, so weit stabil«, sage ich und muss mich im nächsten Augenblick korrigieren. »Mir geht's schlecht. Ganz schlecht. Ich habe Halluzinationen. Da … da sitzt Suzette und brütet.«

»Richtig, *ihr* gefällt's in meinem Nest«, klappert Klapper.

»Ja, aber wie …«

»Das erkläre ich tir später. Es wird Zeit, tass ein geordnetes Brutverhalten in tein Leben einkehrt.«

»Aber woher …«

»Später. Nur so viel: Ich war tir ein bisschen was schuldig.«

In mir dreht sich alles. Der Restalkohol und meine Gedanken.

Was immer Suzette zur Rückkehr bewogen hat, ich kann ihr doch in meinem Zustand nicht gegenübertreten! Meine Güte, was habe ich diesen Moment mit jeder Feder meines Körpers herbeigesehnt, und jetzt ziehe ich die Flügel ein und mache die Biege.

»Du haust nicht ab.« Wie aus dem Nichts taucht Grey neben mir auf.

»Was machst du denn hier?«, frage ich und lasse mich, flankiert von Klapper und Cassandra, widerstrebend zurück auf Kurs bringen.

»Ich hab doch gesagt, dass ich noch etwas vorhabe. Ich war bei Suzette und wollte den Streit beilegen, den wir hatten, nachdem ich sie aus der Wohnung von diesem Ole gerettet habe. Das war aber nur ein Vorwand, so wichtig war mir ihre

Entschuldigung gar nicht. Ich wollte wissen, ob sie wirklich mit diesem Mogulis zusammen ist und einer Ringtrennung zugestimmt hat. Ich konnte mir das nämlich nicht vorstellen. Und siehe da, das war eine einzige Lügenkampagne von Mogulis, um dich loszuwerden.«

Ich vergesse, mit den Flügeln zu schlagen. »Was schnäbelst du da?«

»Frag sie doch selbst.«

Vorsichtig lande ich auf dem breiten Storchennestrand, als wäre es eine Seifenblase, die jeden Moment platzen könnte. »Suzette«, sage ich leise. »Du bist wieder da …«

Ich bin ganz taumelig – okay, vielleicht liegt's auch ein klein wenig an meinem Umtrunk, aber diese Wohnlage ist echt hoch und bestimmt nix für eine Möwe mit Höhenangst.

Suzette lächelt mich an, und ich steige vorsichtig zu ihr ins Nest.

»Füße abstreifen«, mahnt sie mit gespielter Strenge.

So einen bequemen Boden habe ich tatsächlich noch nie betreten, man geht wie auf Wolken.

»Tie Nestränder haben Sechsfachisolierung«, höre ich Klapper im Hintergrund sagen. Als ob mich das jetzt noch interessieren würde. Alles, was ich mir wünsche, sitzt vor mir.

»Du wolltest dich gar nicht von mir trennen und Mogulis heiraten?«, frage ich leise.

»Er hat um meinen Flügel angehalten, das ist richtig – doch ich wollte einfach nur einen geschützten Ort, an dem ich unsere Küken zur Welt bringen kann. Nachdem ich seinen Antrag abgelehnt hatte, hat er sich wohl im Stillen zu seinem hinterhältigen Plan entschieden. Er erzählte mir nach seinem Besuch bei dir prielwarm, dass du vollkommen überschuldet seiest, unser Nest abgerissen werden soll und du dich bei einem anderen Weibchen eingenistet hast.«

Für einen Moment setzt mein Herzschlag aus. Ich bei einem anderen Weibchen … was für eine bodenlose Unterstellung!

»Das grenzt ja schon an Rufmord. Im nächsten Schritt hätte

er wohl auch noch die Spatzenarmee mit Kirschkuchen aus der Kupferkanne bestochen, damit die das von den Dächern pfeifen. Ich habe nicht mal ein anderes Weibchen angeschaut, weil ich nur dich liebe. Allerdings – die Wahrheit ist auch …« Mein Kontostand will mir kaum aus dem Schnabel kommen, jetzt, wo ich Suzette endlich wieder bei mir habe. Doch es muss sein, andernfalls ersticke ich noch an dem Ungesagten.

»Suzette, ich habe keinen Hering mehr auf der Bank, und die Firma Kormoran war heute da und hat unser Nest abgetragen.«

In Suzettes Augen steigen Tränen auf. »Ich weiß …«, sagt sie.

»Du weißt … und bist trotzdem zurückgekommen?«

»Grey hat es mir gesagt. Ich bin hier, weil ich dich liebe. Das ist doch viel wichtiger als alle Heringe dieser Meere. Und ich bin stolz auf dich, dass du das Baby zu seinen Eltern zurückgebracht hast. Verzeih mir, dass ich aus Angst vor den Menschen nicht an deiner Seite geblieben bin.«

»Hauptsache, wir haben uns wieder.«

»Genau, und zusammen schaffen wir das auch mit unseren fünf Küken.«

Zärtlich knabbere ich an den weichen Federn ihrer Kehle, wo nur ich mit meinem Schnabel hindarf. »Du hast sie alle unter deinem Bauch?«

»Alle. Jede Schale hat überlebt – dank des hervorragenden Umzugsservices der Firma Adebar.«

Klapper putzt seinen geröteten Schnabel im Gefieder und winkt ab. »War mir eine Ehre. Und tie eigentliche Arbeit hat Cassandra gemacht. Sie hat Mogulis so lange in Schach gehalten, bis ich Ei um Ei in Moos verpackt abtransportiert hatte.«

»So schwierig war das nicht«, sagt Cassandra. »Mogulis drohte mit einem Dornenzweig, baute sich mit ausgestellten Flügeln vor uns auf und schrie. Ich weiß allerdings nicht, was er wollte. Wegen dem Ding im Schnabel hatte er so eine undeutliche Aussprache, aber ich glaube, er war wütend.

»An meiner Cassandra kommt so leicht keiner vorbei. Sie

hat tie schwarze Feder in Schnabelkarate und kann nicht nur Mogulis, sondern zugleich auch noch fünf seiner Bodyguards besiegen.«

Grey wird ganz aufgeregt und hüpft auf dem Nestrand herum. »Hey, cool, kannst du mir mal ein paar Tricks zeigen?« Cassandra lacht. »Nach dem Urlaub, okay? Wenn wir im Frühjahr wieder zurück sind.«

Klappers Flügel zucken. Es scheint ihn schon ordentlich in den Federn zu jucken. »Freut mich, tass mein Nest zwei so nette Saisonbewohner gefunden hat. Und tas mit euren Küken schafft ihr schon, ta bin ich mir sehr sicher. Auf eines mehr oder weniger kommt es tabei ja nicht an, oder? Allerdings – tas ist nur eine Einzimmerwohnung, auch wenn sie sehr geräumig geschnitten ist.«

»Was willst du damit sagen?«, frage ich.

Klapper zuckt mit den Federn und deutet an mir vorbei in den Himmel. »Ich weiß nicht, ob teine trei Kumpels, tie ta angeflogen kommen, nicht toch etwas zu viel für tieses Nest sind.«

Jonathan, Balthasar und in ihrer Mitte unser Scheff Adee nähern sich von Südosten.

»Auweia«, seufze ich. »Die haben mir zu meinem Glück gerade noch gefehlt.«

»Hey, cool, super, dass ihr kommt«, ruft Grey. »Ahoi hat gesagt, ihr hättet ihm zu seinem Glück gerade noch gefehlt.«

Ich seufze noch tiefer. Doch meine drei Freunde scheinen den Kommentar gar nicht mitbekommen zu haben – oder sie übergehen ihn, zu meinem Unglück.

Während Jonathan und Balthasar zielsicher auf dem Nestrand landen, hatten sie wohl etwas zu viel Vertrauen in den Autopiloten unseres Scheff Adee gesetzt. Der durchbricht ungebremst eine Außenmauer von Klappers Luxuswohnsitz und steckt jetzt bis zum Bauch in den Zweigen.

»Ein bisschen eng, deine neue Behausung«, tönt seine Stimme durch die Isolierungsschicht.

Klapper schüttelt den Kopf, packt den Bruchpilot an den Schwanzfedern und setzt ihn mit einem Schwung auf den Nestrand. »Tafür mit Balkon.«

Baron Silver de Luft beugt sich ins Nest hinein. »Tatsächlich, eine super Aussicht auf Laubbäume und Wälder. Wusste gar nicht, dass es auf Sylt so viele davon gibt.«

Jonathan begrüßt uns ganz gerührt und linst dorthin, wo die Eier unter Suzettes Bauch ein kleines bisschen hervorschauen. »Wie schön, dass ihr euch wiederhabt. Ich wollte auch nicht lange stören, nur mal schnell vorbeischauen. Suzette braucht ja ihre Ruhe zum Brüten.«

Wenigstens einer, der uns versteht. »Was hast du vor?«, frage ich. »Zieht es dich doch wieder in die Ferne?«

»Nein. Ich will lieber festen Boden unter den Füßen haben. Ich habe ein tolles Engagement als Fotomodell am Westerländer Strand bekommen. Total seriöser Werbejob, ich kann alle meine Federn anbehalten, keine Nacktaufnahmen oder so.«

»Gratulation!«, ruft Suzette erfreut.

Ich nicke anerkennend und bin zugegebenermaßen auch ein bisschen erleichtert. Ihn haben wir also schon mal von der Straße. »Freut mich sehr für dich, Jonathan.«

»Danke. Und nebenher werde ich ein Buch schreiben, über meine Zeit auf dem Meer. Wenn das ein Erfolg wird, bin ich meine Schulden auf einen Schlag wieder los.«

»Wir glauben an dich«, sagt Suzette. »Nur – du kannst doch gar nicht schreiben?«

»Balthasar wird mein Ghostwriter. Und wann immer ihr mich braucht, hole ich eure Küken aus der Wattschule ab und bringe sie zum Beutekurs.«

Unser Scheff Adee legt einen Flügel hinters Ohr. »Ihr braucht einen Babysitter? Das ist mein Job! Ich übernehme die Nachmittagsfütterung und die Hausaufgabenbetreuung. Soll ich auch Windeln wechseln?«

»Wattschule, pah, das ist doch der größte Schlick«, ruft Balthasar. »Ich werde natürlich der Lehrer deiner Küken.«

Ich will protestieren, doch er fällt mir ins Wort, noch bevor ich meinen Schnabel aufmachen kann.

»Ich weiß, dass du dir keinen privaten Nestlehrer leisten kannst. Ich verlange auch keine Heringe dafür. Ich tue das aus meiner überaus großen Güte heraus, weil mir die Bildung deiner Küken sehr am Herzen liegt. Schließlich soll aus ihnen mal was werden.«

»Du meinst im Gegensatz zu mir?« Ich weiß nicht, ob ich lachen oder schreien soll.

Balthasar steigt gar nicht darauf ein, stattdessen sagt er: »Du hast mir übrigens schon letzten Sommer versprochen, dass euer erstes Küken Balthasar heißen wird. Nomen est omen – so wird wenigstens aus einem deiner Kinder garantiert was werden. Ich muss dann mal los, Lehrmaterial besorgen und mich vorbereiten. Schließlich sollen die Kleinen von der ersten Stunde an mit Wissen gefüttert werden.«

Mach das, denke ich und lasse ihn ziehen. Der wird sich schon noch umgucken, wenn ihm meine Küken seine geistige Nahrung vor die Füße reihern. Aber unser Scheff Adee als Babysitter – die Idee gefällt mir.

»Wenn unsere Küken auf der Welt sind«, sage ich zu Suzette, »dann lade ich dich mal wieder ins Möwenkino ein. Mit Popcorn und allem Drum und Dran.«

»Oh, wie schön! Ein Abend nur für uns beide, wie früher. Aber bitte keinen Krimi. Ich möchte einen Liebesfilm anschauen.«

Ich seufze verhalten und gebe ihr einen Schnabelkuss. »Natürlich. Wir werden rechtzeitig vor der Tagesschau am Kino-Hochhaus in Westerland sein. So kannst du die Vorschau sehen und dir aussuchen, auf welches Balkongeländer wir uns setzen.«

Was tut man nicht alles für die Liebe.

EPILOG

»Dübüui, dübüui, Auüi …«

»Hat das Kleine gerade meinen Namen gerufen?«, frage ich und horche fasziniert auf das, was da aus der aufgebrochenen Schale ertönt. Nachdem wir uns einen Monat lang beim Brüten abgewechselt haben, warten wir seit Tagen auf die Schlüpfung unseres ersten Kükens, das sich durch Klopfgeräusche aus dem Inneren angekündigt hat.

Suzette legt den Kopf schräg. »So klingt kein Möwenküken … Das macht piuuuh-piuuh, wenn es auf die Welt kommt.«

Seltsam. Verdächtig sieht das Ei auf den ersten Blick nicht aus – gut, es ist etwas bräunlicher gefärbt und weist bei näherem Hinsehen eine andere Maserung auf, doch es ist kaum größer als die anderen fünf Eier … Moment mal.

Eins, zwei, drei, vier, fünf … da liegen ja sechs Stück im Nest!

Ein Schnabel durchbricht die Schale. Ein langer Schnabel.

Aus dem Ei schält sich ein kleiner nasser Storch, kaum größer als ein Möwenküken, dafür aber mit langen Gräten, die er nicht unter Kontrolle bekommt. Ganz der Vater.

Mit einem Mal kommen mir Klappers Worte wieder in den Sinn: *Und tas mit euren Küken schafft ihr schon, ta bin ich mir sehr sicher. Auf eines mehr oder weniger kommt es tabei ja nicht an, oder?*

Na warte, Klapper, wenn ich dich erwische …

Nachwort

Den Federn, die Flügel verleihen …

Diese Überschrift stand auch über meinem schriftstellerischen
Debüt, einem historischen Roman, der bereits 2007 erschien.
Zum damaligen Zeitpunkt ahnte ich noch nicht, dass ich eines
Tages zwei Koffer packen und vom Schwabenland an den
nördlichsten Zipfel der Republik ziehen und dort bleiben
würde. Noch weniger konnte ich ahnen, dass ich es tatsächlich mit ganz schön vielen Federn zu tun bekäme, weil sich
eines Tages eine Chaoten-, Verzeihung, eine Möwenbande in
mein Herz schleichen würde: die Mordsmöwen. Diese frechen
Schnäbel haben mich regelrecht überfallen, wie das eben so
ihre Angewohnheit ist.

Ich stand in Wennigstedt, wo ein bekannter Fisch-Dealer
seine Waren anbietet, und sah eine Frau, die für sich und ihren
Mann zwei Heringsbrötchen bestellte, mit vielen Zwiebeln.
Glücklich hielt die Frau diese in den Händen, ging auf ihren
Mann zu und kam genau drei Schritte weit, als eine Möwe
von hinten im Sturzflug über ihre Schulter schoss und sich das
Fischbrötchen schnappte. Genauer gesagt: Die Möwe hatte sich
trotz Blitzgeschwindigkeit zielgerichtet den Hering herausge-
pickt, die Zwiebeln baumelten noch im Brötchen. Nach dem
ersten Schreck schaute die Frau zuerst das zerrupfte Brötchen,
dann ihren Mann an und sagte lachend: »Bitteschön.«

Nachdem ich nun schon viele Jahre auf der Insel lebe und
arbeite, wurde ich nach fünf veröffentlichten Romanen immer
wieder gefragt, warum ich denn nicht mal eine Geschichte
schreiben würde, die auf Sylt spielt. Das hatte ich auch vor,
nur wollte ich nichts erzählen, was so auch in Pusemuckelsdorf
passieren könnte. Nun war die Idee geboren. Was wäre, wenn
der Crêpes-Dealer in Hörnum plötzlich spurlos verschwände

und das Ernährungssystem einer Möwenbande zusammen-
bräche, die sich durch räuberische Erpressung ihre täglichen
Crêpes verdient? Richtig, sie tun das, was eine echte Möwe
in diesem Fall tun muss. Sie nehmen die Ermittlungsarbeit auf
und gründen die Schoko-Crêpes.

Obwohl ich gerade an einem anderen Projekt arbeitete, setzte
ich mich abends an den Laptop. Eine Nachtschicht und ich hatte
die komplette Handlungsskizze entworfen. Von da an ließ mich
die Bande nicht mehr los. Ich beobachtete die Meeresvögel in
ihrer natürlichen Lebensumgebung … so auch eine Möwe, die
tatsächlich Tag für Tag auf dem Dach des Crêpes-Standes am
Südzipfel von Sylt sitzt und Ausschau nach leckerer Beute hält.
Der Besitzer hat sie mittlerweile auf »Ahoi« getauft.

Einer Urlauberin im Ferienzentrum Wenningstedt wurde
bereits bei ihrer Anreise begeistert von diesem Sylt-Roman
erzählt. Zwei Tage später stand sie nachmittags wieder an der
Rezeption und sagte: »Ich brauche eine neue Kuchengabel und
sofort dieses Buch.« Das Buch bekam sie ausgehändigt, aber
warum eine neue Kuchengabel? »Stellen Sie sich vor, ich saß
mit meinem Mann auf der Terrasse bei Kaffee und Kuchen und
unterdessen ließen sich auf dem Dach gegenüber zwei Möwen
nieder. Ich sagte noch zu meinem Mann, schau mal, das sieht
so aus, als würden die zwei sich unterhalten – da schoss die
eine Möwe im Sturzflug zu uns herunter und schnappe sich
meinen Kuchen. Tja, und die Gabel hat sie dabei auch gleich
mitgenommen.«

2014 flogen die Mordsmöwen direkt ins »Küstenradar der
Jury«, weil sie unter anderem »auf witzige Weise Klischees der
Insel brechen« und wurden deshalb mit dem Samiel Award
ausgezeichnet. Nun aber müssen die Möwen erst mal ihren
Schnabel halten, weil ich mich von rein menschlicher Seite
einem lustig-kriminellen Abenteuer auf der Insel nähern
werde. Aber so wie ich Ahoi und seine Bande kenne, wird
ihnen das wohl schwerfallen.

Sina Beerwald
MORDSMÖWEN
Broschur, 208 Seiten
ISBN 978-3-95451-135-8

Möwerich Ahoi, Späher einer kriminellen Möwenbande schlägt Alarm: Crêpes-Budenbesitzer Knut ist verschwunden. Entführt, ermordet, ertrunken? Wovon sollen die Möwen sich jetzt ernähren, wenn sie nicht mehr täglich ihre Crêpes-Ration von den Sylter Touristen erbeuten können? Auf der Suche nach Knut gerät die Möwenbande in aberwitzige Verwicklungen und turbulente Situationen – und kommt einem makabren Mord auf die Spur, der ganz Sylt erschüttert.

Freche Schnäbel gegen fiese Gangster: mitreißend, amüsant und absolut außergewöhnlich.

»Einfach tierisch.« shz

www.emons-verlag.de

Sina Beerwald
111 ORTE AUF SYLT,
DIE MAN GESEHEN HABEN MUSS
Broschur, 240 Seiten
ISBN 978-3-95451-511-0

Viele sind vom Sylt-Virus infiziert. Knapp eine Million Gäste kommen jährlich hierher, jeder hat schon einmal von der Insel der Schönen und Reichen gehört – doch wie gut kennen Sie »Ihre« Insel wirklich? Wissen Sie, was es mit der RALF-Regel auf sich hat, wo der Friedhof der Heimatlosen liegt oder die Sylt-Quelle sprudelt? Dass Sylt nicht nur eine Whiskeymeile, sondern auch einen versteckten Weinkeller hat? Und kennen Sie die ungewöhnliche Geschichte der ersten Weltumrundung mit einem Luftboot, das von List auf Sylt aus startete? Entdecken Sie abseits der bekannten Touristenpfade die geheimnisvollen Seiten der Insel.

www.emons-verlag.de